杭州优秀传统文化丛书
Hangzhou Youxiu Chuantong Wenhua Congshu

一半勾留是此湖

李郁葱——著

杭州出版社

图书在版编目（CIP）数据

一半勾留是此湖 / 李郁葱著 . -- 杭州 : 杭州出版社 , 2022.8
（杭州优秀传统文化丛书）
ISBN 978-7-5565-1690-2

Ⅰ . ①一… Ⅱ . ①李… Ⅲ . ①古典诗歌—诗歌欣赏—中国 Ⅳ . ① I207.2

中国版本图书馆 CIP 数据核字（2022）第 004351 号

Yiban Gouliu Shi Ci Hu

一半勾留是此湖

李郁葱/著

责任编辑	夏斯斯
装帧设计	祁睿一　李铁军
美术编辑	祁睿一
责任校对	陈铭杰
责任印务	屈　皓
出版发行	杭州出版社（杭州市西湖文化广场32号6楼） 电话：0571-87997719　邮编：310014 网址：www.hzcbs.com
排　　版	浙江时代出版服务有限公司
印　　刷	天津画中画印刷有限公司
经　　销	新华书店
开　　本	710 mm × 1000 mm　1/16
印　　张	16
字　　数	197千
版 印 次	2022年8月第1版　2022年8月第1次印刷
书　　号	ISBN 978-7-5565-1690-2
定　　价	58.00元

序　言

文化是城市最高和最终的价值

我们所居住的城市，不仅是人类文明的成果，也是人们日常生活的家园。各个时期的文化遗产像一部部史书，记录着城市的沧桑岁月。唯有保留下这些具有特殊意义的文化遗产，才能使我们今后的文化创造具有不间断的基础支撑，也才能使我们今天和未来的生活更美好。

对于中华文明的认知，我们还处在一个不断提升认识的过程中。

过去，人们把中华文化理解成“黄河文化”“黄土地文化”。随着考古新发现和学界对中华文明起源研究的深入，人们发现，除了黄河文化之外，长江文化也是中华文化的重要源头。杭州是中国七大古都之一，也是七大古都中最南方的历史文化名城。杭州历时四年，出版一套“杭州优秀传统文化丛书”，挖掘和传播位于长江流域、中国最南方的古都文化经典，这是弘扬中华优秀传统文化的善举。通过图书这一载体，人们能够静静地品味古代流传下来的丰富文化，完善自己对山水、遗迹、书画、辞章、工艺、风俗、名人等文化类型的认知。读过相关的书后，再走进博物馆或观赏文化景观，看到的历史遗存，将是另一番面貌。

过去一直有人在质疑，中国只有三千年文明，何谈五千年文明史？事实上，我们的考古学家和历史学者一直在努力，不断发掘的有如满天星斗般的考古成果，实证了五千年文明。从东北的辽河流域到黄河、长江流域，特别是杭州良渚古城遗址以距今5300—4300年的历史，以夯土高台、合围城墙以及规模宏大的水利工程等史前遗迹的发现，系统实证了古国的概念和文明的诞生，使世人确信：这里是古代国家的起源，是重要的文明发祥地。我以前从来不发微博，发的第一篇微博，就是关于良渚古城遗址的内容，喜获很高的关注度。

我一直关注各地对文化遗产的保护情况。第一次去良渚遗址时，当时正在开展考古遗址保护规划的制订，遇到的最大难题是遗址区域内有很多乡镇企业和临时建筑，环境保护问题十分突出。后来再去良渚遗址，让我感到一次次震撼：那些“压”在遗址上面的单位和建筑物相继被迁移和清理，良渚遗址成为一座国家级考古遗址公园，成为让参观者流连忘返的地方，把深埋在地下的考古遗址用生动形象的“语言”展示出来，成为让普通观众能够看懂、让青少年学生也能喜欢上的中华文明圣地。当年杭州提出西湖申报世界文化遗产时，我认为这是一项需要付出极大努力才能完成的任务。西湖位于蓬勃发展的大城市核心区域，西湖的特色是“三面云山一面城”，三面云山内不能出现任何侵害西湖文化景观的新建筑，做得到吗？十年申遗路，杭州市付出了极大的努力，今天无论是漫步苏堤、白堤，还是荡舟西湖里，都看不到任何一座不和谐的建筑，杭州做到了，西湖成功了。伴随着西湖申报世界文化遗产，杭州城市发展也坚定不移地从“西湖时代”迈向了“钱塘江时代”，气势磅礴地建起了杭州新城。

从文化景观到历史街区，从文物古迹到地方民居，众多文化遗产都是形成一座城市记忆的历史物证，也是一座城市文化价值的体现。杭州为了把地方传统文化这个大概念，变成一个社会民众易于掌握的清晰认识，将这套丛书概括为城史文化、山水文化、遗迹文化、辞章文化、艺术文化、工艺文化、风俗文化、起居文化、名人文化和思想文化十个系列。尽管这种概括还有可以探讨的地方，但也可以看作是一种务实之举，使市民百姓对地域文化的理解，有一个清晰完整、好读好记的载体。

传统文化和文化传统不是一个概念。传统文化背后蕴含的那些精神价值，才是文化传统。文化传统需要经过学者的研究提炼，将具有传承意义的传统文化提炼成文化传统。杭州与丛书作者在创作方面作了种种古为今用、古今观照的探讨交流，还专门增加了“思想文化系列”，从杭州古代的商业理念、中医思想、教育观念、科技精神等方面，集中挖掘提炼产生于杭州古城历史中灵魂性的文化精粹。这样的安排，是对传统文化内容把握和传播方式的理性思考。

继承传统文化，有一个继承什么和怎样继承的问题。传统文化是百年乃至千年以前的历史遗存，这些遗存的价值，有的已经被现代社会抛弃，也有的需要在新的历史条件下适当转化，唯有把传统文化中这些永恒的基本价值继承下来，才能构成当代社会的文化基石和精神营养。这套丛书定位在“优秀传统文化”上，显然是注意到了这个问题的重要性。在尊重作者写作风格、梳理和讲好“杭州故事”的同时，通过系列专家组、文艺评论组、综合评审组和编辑部、编委会多层面研读，和作者虚心交流，努力去粗取精，古为今用，这种对文化建设工作的敬畏和温情，值得推崇。

人民群众才是传统文化的真正主人。百年以来，中华传统文化受到过几次大的冲击。弘扬优秀传统文化，需要文化人士投身其中，但唯有让大众乐于接受传统文化，文化人士的所有努力才有最终价值。有人说我爱讲“段子”，其实我是在讲故事，希望用生动的语言争取听众。今天我们更重要的使命，是把历史文化前世今生的故事讲给大家听，告诉人们古代文化与现实生活的关系。这套丛书为了达到“轻阅读、易传播”的效果，一改以文史专家为主作为写作团队的习惯做法，邀请省内外作家担任主创团队，组织文史专家、文艺评论家协助把关建言，用历史故事带出传统文化，以细腻的对话和情节蕴含文化传统，辅以音视频等其他传播方式，不失为让传统文化走进千家万户的有益尝试。

中华文化是建立于不同区域文化特质基础之上的。作为中国的文化古都，杭州文化传统中有很多中华文化的典型特征，例如，中国人的自然观主张“天人合一”，相信“人与天地万物为一体”。在古代杭州老百姓的认知里，由于生活在自然天成的山水美景中，由于风调雨顺带来了富庶江南，勤于劳作又使杭州人得以“有闲”，人们较早对自然生态有了独特的敬畏和珍爱的态度。他们爱惜自然之力，善于农作物轮作，注意让生产资料休养生息；珍惜生态之力，精于探索自然天成的生活方式，在烹饪、茶饮、中医、养生等方面做到了天人相通；怜惜劳作之力，长于边劳动，边休闲娱乐和进行民俗、艺术创作，做到生产和生活的和谐统一。如果说“天人合一”是古代思想家们的哲学信仰，那么“亲近山水，讲求品赏”，应该是古代杭州人的生动实践，并成为影响后世的生活理念。

再如，中华文化的另一个特点是不远征、不排外，这体现了它的包容性。儒学对佛学的包容态度也说明了这一点，对来自远方的思想能够宽容接纳。在我们国家的东西南北甚至是偏远地区，老百姓的好客和包容也司空见惯，对异风异俗有一种欣赏的态度。杭州自古以来气候温润、山水秀美的自然条件，以及交通便利、商贾云集的经济优势，使其成为一个人口流动频繁的城市。历史上经历的“永嘉之乱，衣冠南渡”，“安史之乱，流民南移”，特别是“靖康之变，宋廷南迁”，这三次北方人口大迁移，使杭州人对外来文化的包容度较高。自古以来，吴越文化、南宋文化和北方移民文化的浸润，特别是唐宋以后各地商人、各大商帮在杭州的聚集和活动，给杭州商业文化的发展提供了丰富营养，使杭州人既留恋杭州的好山好水，又能用一种相对超脱的眼光，关注和包容家乡之外的社会万象。这种古都文化，也代表了中华文化的包容性特征。

城市文化保护与城市对外开放并不矛盾，反而相辅相成。古今中外的城市，凡是能够吸引人们关注的，都得益于与其他文化的碰撞和交流。现代城市要在对外交往的发展中，进行长期和持久的文化再造，并在再造中创造新的文化。杭州这套丛书，在尽数杭州各色传统文化经典时，有心安排了“古代杭州与国内城市的交往”“古代杭州和国外城市的交往”两个选题，一个自古开放的城市形象，就在其中。

“杭州优秀传统文化丛书”团队在传统和现代的结合上，想了很多办法，做了很多努力。传统文化丛书要得到广大读者接受，不是件简单的事。我们已经走在现代化的路上，传统和现代的融合，不容易做好，需要扎扎实实地做，也需要非凡的创造力。因为，文化是城市功能的最高价值，也是城市功能的最终价值。从“功能城市”走向“文化城市”，就是这种质的飞跃的核心理念与终极目标。

2020 年 9 月

（单霁翔，中国文物学会会长）

西湖雨泛图（局部）

目　录

引　言

白居易、姚合、元稹、徐凝、张祜、李贺、罗隐、皮日休、林逋、柳永、范仲淹、梅尧臣、欧阳修、王安石、苏轼、周邦彦、杨维桢、黄景仁……当我想罗列为西湖写过诗词的作家之名的时候，一个简单的认知是，到过杭州或居住在杭州周边的文人，大概除了北宋和南宋之间的李清照（其中的原因复杂，这里不展开说），大抵都为西湖写过诗。

我们迄今能够读到的历代歌咏西湖的诗词数以万计，而被时间湮没的估计会更多，很难说那里面会不会有我们所不知道的杰作。正是带着这种考虑，在接下这本西湖诗词故事的写作时，我陷入一种焦灼里：难道仅仅讲述我们所熟知的名诗佳词的故事？

这显然不符合我的初衷。西湖，是大自然的杰作，更因其丰厚的人文内涵而璀璨。

作为一个内陆湖，西湖大致到东汉才正式形成。而六朝南齐时无名氏的《钱唐苏小歌》“妾乘油壁车，郎骑青骢马。何处结同心，西陵松柏下”，一般被认为是最早的西湖诗。

到了唐代白居易任杭州刺史时，他对西湖的挖掘、发现、推荐，并在绝美的文字中广而告之，提升了西湖的美誉度，形成了独特的西湖文化，使得西湖开始名扬天下，并日渐成为一个文化符号。

到了北宋，经济文化重心偏向东南，杭州在吴越国发展的基础上成为“东南第一州”。苏轼和林逋，前者两度来杭为官，后者“梅妻鹤子”隐于孤山，这两人，和唐代的白居易一样，共同成为西湖的代言人，也是西湖无形资产中颇为厚重的那一部分。

宋室南渡，杭州成为国都，诗词创作更为密集兴盛，但在时代的变迁里，西湖的另外一面展现在世人面前，那就是它的英雄气，与柔美相对立的阳刚气质。而这，恰恰是后世去读西湖千万遍中不会厌倦之处。

元、明、清三代，杭州虽略遭劫难，但总体繁华如故，西湖诗词的创作也是层出不穷，山水风光、闲情逸致、伤时忧世……这些人类普遍的感情沉浸于西湖的文字中，似乎和这山水已融为一体。

本书篇章的排列，基本遵循时间的顺序，这也是为了阅读上的习惯。

通常，当我们说到诗歌传统的时候，会从精神气质和风格维度上去分析，但从另外一个角度去看，每一个诗人都是立体而复杂的，正如西语诗人华莱士·史蒂文斯在一首诗句中表达的“人须有冬天的心境，才能看霜，看雪”，这种与自然相融合的视野，和我们禅宗中的顿悟有异曲同工之处。一天在翻阅西湖诗词资料时突然想到，西湖有它无数的立面，犹如一面多棱镜，或自然，或人文，或时序，或人物……但它们都是属于西湖的。

这看起来似乎矛盾，实际上却是内心风景的真实展现：我们时常处于这种对峙中，并且在这样的紧张状态中得到释放。“明月松间照，清泉石上流。”唐代王维的这诗句，在今天读来依然清新可喜，我们虽然不是那石，却仿佛有着明月映入泉水时的那种照拂。山水诗的写作是汉语诗人一个伟大的创作传统，山水在文字中的沉浸始终在教育和滋养我们的灵魂，这使得诗呈现出一种灵性：我们是山水的模拟者。当然，在很多时候，我们可能更愿意成为山水的发现者，就像白居易和苏东坡。

对西湖诗词的阅读，也是这种发现的过程，诗歌恢复了它固有的秩序：诗句与诗句之间，字词与字词之间，充满着惊讶和喜悦。而诗人的那种想象力和指向是向内的，是山水和人的一次相遇，我把它视作诗人的一次苏醒。看山，看水，看季节转换，诗人在这种寻觅中找到自己的基调。也许，我们需要的是发现，有时也许是一种陡峭，精神高度上的孤绝和内省实际上并不令人陌生，请允许我们找到那相似之物，它是诗人的秘密和通行证。

在这样的一种想法里，我选择了属于西湖的自然或人文的十八个侧面来阐述，想用这十八个侧面里包含的故事，把那部分的西湖诗词集中呈现出来。当然西湖是写不尽的，它能够提供给我们的视角并不止这十八个侧面。也许有一天，我会把别的侧面也雕琢出来，而西湖，正是在这样文字的烈焰中璀璨如钻石。

上篇

风光不与四时同

第一章　不畏浮云遮望眼

春风得意马蹄疾。虽然时已酷夏，不是在春天，但官道上带着从人驱马疾驰的他是欢愉的，刚刚而立之年的王安石（字介甫），在宋仁宗皇祐二年（1050）时，在鄞县（今浙江宁波市鄞州区）知县任满，而数年为官，政绩卓著，仕途上升通道业已打开。

王安石可谓少年老成。他出道很早，从抚州临川（治今江西抚州市临川区）走出，北宋庆历二年（1042）二十二岁时进士及第，在任鄞县知县前，做过扬州签判，而任鄞县知县的这三年，是王安石把自己的一些施政理念首次付诸实践，也为后来波澜壮阔的变法拉开了序幕。

登高见山水，身在水中央

这一次任满，在回乡省亲之前到杭州，是和友人韩缜（字玉汝）、杨畋（字乐道）两人相约把臂同游，畅谈人生快事。

韩缜是名臣韩绛、韩维之弟，天禧三年（1019）出生，与王安石同为庆历二年进士，此时在仕途上尚未显山露水。

另一位杨畋，是将门之后，就是那个民间传说中赫赫有名的杨家将之后，也是进士出身，比韩缜和王安石的年龄要大许多，这一年已经四十四岁。三人都是性子执拗之人，却相交莫逆。杨畋的故事很出名，庆历三年（1043），湖南的唐和等人抢掠州县，此时正好杨畋升任殿中丞、提点荆湖南路刑狱，专门负责捕捉盗贼。他招募勇士，深入峒地追击，九死一生，最后督责士兵平定六峒，因功劳升任太常博士。但没过多久，部将胡元战死，杨畋又被降职，任太平州知州。一年后，盗贼更加猖獗。朝堂委任杨畋任荆湖南路兵马钤辖。盗贼听说杨畋到了，都越过岭南逃走……

一句话，杨畋是个狠人，有股拗劲。随着时间流逝，以后的王安石也会有“拗相公”之称。

此时，西湖之上荷花繁茂，在夏日的蝉鸣中有着另外一种喧哗，三人相见，别是一番滋味。王安石对杭州并不熟悉，对杭州的感觉还停留在类似白居易在《余杭形胜》那种描述里：

余杭形胜四方无，州傍青山县枕湖。
绕郭荷花三十里，拂城松树一千株。
梦儿亭古传名谢，教妓楼新道姓苏。
独有使君年太老，风光不称白髭须。

但眼中所见却比文字里的更加繁华，已经会合了的三人，因为纯粹是私人游玩，也没有去麻烦官衙，中午时到吴山脚下的酒肆沽了些酒，畅叙离情，纵论时事。

午后也没有休息，而是去了圣果寺（一作胜果寺），一是因为离得比较近，二是在吃饭时，韩缜提到晚唐和贯休、罗隐等齐名的诗僧处默写的《圣果寺》：

路自中峰上，盘回出薜萝。
到江吴地尽，隔岸越山多。
古木丛青霭，遥天浸白波。
下方城郭近，钟磬杂笙歌。

王安石和杨畋被这诗中所描述的寺景所打动：庙宇建于高峻崎岖之地，吴越山水隐于古木青霭之间。圣果寺于隋文帝开皇二年（582）始建，位于杭州城南凤凰山笤帚湾内山坞，以唐时无著文喜禅师于此静坐得道而名。

在明代张岱《西湖梦寻》中关于胜果寺有如是描述："松径盘纡，涧淙潺灂，罗刹石在其前，凤凰山列其后，江景之胜无过此。"但到了清咸丰元年（1851），寺整体建筑被毁，后人能够看到的只有一些遗迹了。如摩崖上1平方米大小的"凤山"两字系南宋王大通所书，还有宋高宗手书"忠实"两字；山崖上的石刻十八罗汉像，虽经千年已残损，但多数仍能辨认；凤凰池半在洞内半在洞外，洞寒泉冽。此外还有通明洞、放光岩以及当年殿堂的地基等。

三人走走停停，相互颇有打趣之乐，看着山崖上的石刻十八罗汉像，王安石看了一眼韩缜和杨畋，说："这降龙伏虎罗汉和玉汝兄、乐道兄相仿佛啊！"

杨畋大乐："他年得证正果，便是这世间罗汉。"

凤凰池、通明洞、放光岩等景物让人感慨天地造化之精绝，登山远眺城郭，心旷神怡，蝉鸣的喧嚣反而让人有一种澄明之感。

杨畋远眺城郭，说："当年高僧智圆有一首《登武林高峰》写的是当下景啊：'千寻堆冷碧，极顶绝尘踪。

雨霁闻清籁，云开见别峰。落泉喷怪石，惊鸟入深松。吟罢凭栏久，遥天起暮钟。’”

三人都各有感触。

韩缜看看王安石，说：“介甫兄，如此胜景，不如吟一首诗以洗我耳？”

王安石沉吟片刻，心有所感，一首《游杭州圣果寺》冲口而出：

登高见山水，身在水中央。
下视楼台处，空多树木苍。
浮云连海气，落日动湖光。
偶坐吹横笛，残声入富阳。

那知兹夕兴，不与古人同

从圣果寺出来，回到客舍，有两个下人等着，见到三人回来，说，杭州知州吕向高[①]知三位莅临杭州，已备下酒席恭候。

王安石、韩缜和杨畋三人不敢托大，随下人出涌金门，到一临湖的酒肆。杨畋小声嘀咕：“我们这可是借了介甫兄的光了。”

吕向高非常欣赏王安石，在奏疏上也不吝赞美，称之为能臣，推许其是国之干将。说起来，这源于两人的不打不相识。

王安石到鄞县当知县是在北宋庆历七年（1047），正好碰到江南雨季。这一年的绵绵阴雨却下成了灾，到

① “吕向高”为虚构人物。王安石哄抬米价稳市的故事是民间故事，出自《龙门阵》2011年第4期。

了八九月份收割庄稼的季节，因雨，田地里颗粒无收。这导致米价上扬，一天一个价，到了十月，已从原来的每石四百文猛涨到每石一千五百文了。

为了稳定民心，朝廷连发官文，要求每石米的价格控制在五百文左右，违者就地斩首示众。杭州知州吕向高自然是要落实朝廷政策，何况下属各县到处都有饿死人的消息传出，杭州城里饿殍也不在少数。

但限价后，米商不愿意把米拿出来卖，导致市面上无米可供。吕向高三次求助于朝廷，回复却说陕甘一带连年大旱，国库空虚，无力顾及江南一带的灾情，让他们自己想办法。

正在焦头烂额之际，有人报鄞县县令王安石公然抗命，置朝廷每石米五百文之规定于不顾，发布告示允许大米涨价，鄞县的大米每石已涨到三千文了。

吕向高惊呆了：王安石他是知道的，也见过，在士人中也颇有声望，却居然如此行事？于是，吕向高兴师动众地来到鄞县，不料得知王安石发出布告允许大米涨价后，各地米商纷纷涌进鄞县，他们还送银两贿赂王安石。

吕向高想，这王安石的胆子也太大了，大灾之年不仅不为朝廷着想，还擅自抬高米价，收贿索贿，发国难财，有辱斯文。

他甚至做好了杀鸡骇猴的心理准备。

但到了鄞县城中，却和其他县城都饿殍满街、一片凄凉不同，鄞县集市繁华，歌舞升平。

吕向高问王安石，为何置朝廷圣命于不顾，抬高米价。

王安石对答："如果执行朝廷规定的米价政策，鄞县跟其他县一样会饿死很多人。不放开米价，哪个米商愿意出售大米？"

"高价米，老百姓买得起吗？"

"荒年中人们不论贵贱，需要的只是粮食，米价虽高，俭省一点，也能坚持一年半载。而那些家庭贫苦而无力买粮的人家，我先借银两救助他们。"

王安石把救助名册呈递给吕向高。救助花名册上，有受助人的资料和按下的红手印。

吕向高翻看完毕，问："救助的钱来自哪里？"

"就是那些米商送来的金银啊！"王安石又递给吕向高收受贿赂的账册，两下比对，一收一支，毫厘不差。

眼见为实，王安石的措施的确帮助鄞县度过了灾年。吕向高也是一个实干的官吏，他没有怪罪王安石，反而把王安石的做法上奏朝廷，请求嘉奖王安石；并不耻下问，向王安石讨教整个杭州的灾情应对方法。

王安石支招了，他建议州境内米价彻底放开，米价在经过节节攀升后就会回落。吕向高听取了王安石的意见，让江南各地放开粮价，米价冲上每石三千五百文。全国的米商得知消息后，被利润所吸引，源源不断地把米贩到江南来。江南市面上大米充足，出现供大于求的局面，米价很快就回落了。

而江南灾情过去后，陕甘一带因大旱缺少米粮，朝廷下令要求各地支援。涝和旱会酿成同样的灾祸，王安石建议，杭州以每石一千文的价格收购大米。

吕向高将信将疑：米商们舍得这个价格卖出？王安石说："那些商人早已赚足，而眼下米粮越积越多，灾情过去，再过些时日新米就上市了，这个价格商人可以保本了，会出手的。"

而事实也果然如此。

在宴席上听吕向高娓娓道来，韩缜和杨畋看王安石的目光又有不同：他们的这位挚友非池中物，初试啼声出手非凡，假以时日，或如鲲鹏扶摇直上。

王安石牛刀小试，实际上是他执政思路的一次试验。在未来的日子里，王安石变法会震惊天下，是是非非留给后人无数话题，而拗相公的大名会流传于世。

宴席结束之时，吕向高建议三人明天去登北高峰，游览灵隐寺，并用唐代诗人方干的一首诗诱惑他们，说："恰逢其时啊，方干写的就是《夏日登灵隐寺后峰》，我们也大可凌绝顶一抒胸臆。"

方干那首诗这样写：

绝顶无烦暑，登临三伏中。
深萝难透日，乔木更含风。
山叠云霞际，川倾世界东。
那知兹夕兴，不与古人同。

可以看出，吕向高对王安石是有所期许的。

宴毕，几人并没有坐轿，而是走走停停。杭州城夜市喧腾，一路上叫卖之声不绝，颇有市井烟火气。待回到客舍，王安石把那首《游杭州圣果寺》写了下来，忽有所思，想念起此时在京城汴梁（今河南开封）的朋友王益柔（字胜之）来，又抄写下一首《杭州呈胜之》以舒缓情绪：

游观须知此地佳，纷纷人物敌京华。
林峦腊雪千家水，城郭春风二月花。
彩舫笙箫吹落日，画楼灯烛映残霞。
如君援笔宜摹写，寄与尘埃北客夸。

在这首春天写的诗里，王安石对杭州的景物风俗大为赞叹，并拿杭州与京城汴梁（今河南开封）比，觉得不相上下。王安石春天时也来过杭州，和夏日有所不同，当时他觉得如果用王益柔的妙笔来描写杭州，京城的人看了一定会“惊艳”。

王安石赠诗的王益柔，也是一个牛人，庆历四年（1044）以殿中丞召试。他好学不倦，博通群书，一日能写数千言的策论。司马光后来说，很多人请求读看《资治通鉴》，但未看完一张纸，便已打哈欠想瞌睡。能够把它全部读完的人，只有一个王益柔。

不畏浮云遮望眼，自缘身在最高层

次日早起，三人先去了北高峰。北高峰是杭州的制高点之一，在唐玄宗天宝年间曾建有七层高塔，唐武宗时毁。吴越国钱镠重建，极其雄伟，宋立国后又重修，此塔至明代犹存，民间就叫“北高峰塔”，王安石他们当时登到顶层。

这里视野极其开阔，宋真宗时的潘阆潘梦空就写过《北高峰塔》：

北高峰上塔，竟上最高层。
尝谓人难到，何当我独登？
天香闻不断，海月见微棱。
懒下红尘路，重来恐未能。

潘阆诗承晚唐体，风格清浅孤峭，少雕琢。其为人狂逸不羁，因此获罪被贬，长期流落杭州，对杭州的景色相当熟悉，他的词《酒泉子·忆余杭十首》中也有写北高峰的一首：

长忆高峰，峰上塔高尘世外。昔年独上最高层，月出见觚棱。　　举头咫尺疑天汉，星斗分明在身畔。别来无翼可飞腾，何日得重登。

三人在登攀中谈谈说说，就到了塔顶，凉风送爽，天际一线，远眺中的王安石，心有所感，一首在后世颇具争议的诗作[①]脱口而出：

飞来山上千寻塔，闻说鸡鸣见日升。
不畏浮云遮望眼，自缘身在最高层。

韩缜和杨畋听王安石吟诵毕，对视一眼，从这首诗中读到了王介甫的胸襟和绝大气魄：只有登上“千寻塔”，才能得见日出闻天鸡。“不畏浮云遮望眼，自缘身在最高层”与后来苏轼所写的“不识庐山真面目，只缘身在此山中”表现技法极为相似，但王安石所表述的是，当达到了一定的高度，就能透过现象看到本质，不会被事物的假象所迷惑。

① 此诗在王安石相关诗文集中作《登飞来峰》，唯田汝成《西湖游览志余》卷二一作《咏北高峰塔》。笔者以为后者更符合实地情况，故以此为基础进行讲述。另一说写的是绍兴城南宝林山（又称飞来山）。

在韩缜和杨畋看来，王安石虽然是写游览登高，却是借景抒怀，渴望被朝廷重用，实现革新变法、富国强兵的愿望和抱负。

他们俩此刻的这种想法，倒是和比他们晚一些的词人周紫芝的一阕《朝中措·登西湖北高峰作》颇为契合：

西湖烟尽水溶溶。一笑与谁同。多谢湖边霜菊，伴人三见秋风。　　两高南北，天教看尽，吴越西东。趁取老来犹健，登临莫放杯空。

尽管韩缜和杨畋也有才名，但在这样的珠玉面前，还是藏拙为宜。三个人又聊到了时政，王安石颇有些忧心，他说，像江南这样的富庶之地，在一场天灾面前都饿殍遍地，更别说其他州县了。

三人相约，当各自振作。

从此只应长入梦，梦中还与故人游

天下无不散的宴席，这一日午后，三人来到了昭庆寺外的望湖楼，也就是曾经的看经楼，吴越王钱俶始建于北宋乾德五年（967），他们约好登望湖楼后便各自西东。

望湖楼上，临风观湖，如镜碧波间，有荷花盛绽。远眺群山环绕，浓淡相宜，湖中画舟点点，白沙堤横卧波上。夏日多阵雨，湖面上方才还一碧如洗，突然间乌云密布，骤雨疾至，湖面上波涛汹涌，而顷刻雨收，湖面又恢复如镜。

三人水酒一杯后依依惜别，待出了望湖楼，王安石翻身上马，和从人绝尘而去，奔驰间忽有依依之念，一

落日动湖光

首小诗悄悄产生，到了晚上在客栈打尖之时，命从人取来纸笔，写下了《杭州望湖楼回马上作呈玉汝乐道》：

水光山气碧浮浮，落日将归又少留。
从此只应长入梦，梦中还与故人游。

在王安石写这首和望湖楼相关的友情之诗许多年之后，熙宁五年（1072），时任杭州通判的苏轼也登上了望湖楼，那个时候，正是王安石大刀阔斧变法之际。王安石和苏轼为了各自的政治理念，一生恩怨纠葛，但最终相逢一笑，就像是这夏日的西湖，东边日出西边雨，道是无情还有情。那一日的苏轼留下了《六月二十七日望湖楼醉书》（其一）：

黑云翻墨未遮山，白雨跳珠乱入船。
卷地风来忽吹散，望湖楼下水如天。

第二章 暗香浮动月黄昏

西湖处士骨应槁，只有此诗君压倒。
东坡先生心已灰，为爱君诗被花恼。
多情立马待黄昏，残雪消迟月出早。
江头千树春欲暗，竹外一枝斜更好。
孤山山下醉眠处，点缀裙腰纷不扫。
万里春随逐客来，十年花送佳人老。
去年花开我已病，今年对花还草草。
不如风雨卷春归，收拾余香还畀昊。

北宋元祐五年（1090）初春，瑞雪初歇，梅花绽放，孤山上花香馥郁。一僧一文士行行走走，望着雪霁后的美景，文士吟诵了这首《和秦太虚梅花》。僧人摸着自己在风中有些微凉的头皮，看着自己的好友，暗暗发笑。

池水倒窥疏影动，屋檐斜入一枝低

文士就是苏轼苏东坡，此时他是以龙图阁学士的身份出任杭州知州；僧人是隐居于龙井一地的高僧辩才。这一日，辩才约苏东坡共赏梅花。

《和秦太虚梅花》是苏轼的一首旧作，1084 年为应和秦观（与黄庭坚、晁补之、张耒同称“苏门四学士”）的《和黄法曹忆建溪梅花》一诗而作，在秦观的那首梅花诗中，有这样的诗句：“海陵参军不枯槁，醉忆梅花愁绝倒。为怜一树傍寒溪，花水多情自相恼。清泪班班知有恨，恨春相逢苦不早。甘心结子待君来，洗雨梳风为谁好。……”

或许是秦观的诗句打动了彼时的苏轼，让1084年的他恍然想起他魂牵梦萦的杭州。

苏轼第一次到杭州是在熙宁四年（1071），那一年他三十六岁，带着失意的悲凉赴杭州任通判，和太守陈襄一见如故。那一年，他们为杭州修复了六井，在《钱塘六井记》中，苏东坡这样写道：“熙宁五年秋，太守陈公述古始至，问民之所病。皆曰：‘六井不治，民不给于水。南井沟庳而井高，水行地中，率常不应。’公曰：‘嘻，甚矣，吾在此，可使民求水而不得乎！’乃命僧仲文、子珪办其事。……于是发沟易甃，完缉罅漏，而相国之水大至，坎满溢流，南注于河，千艘更载，瞬息百斛。”

辩才别有深意地看了一眼苏东坡，此时吟诵这首诗当是有所感怀。

辩才知道，他的这位好友一向喜爱梅花，这和西湖处士林逋相似。林逋的几首咏梅诗都是绝品佳作，其中《山园小梅》（其一）云：

众芳摇落独暄妍，占尽风情向小园。
疏影横斜水清浅，暗香浮动月黄昏。
霜禽欲下先偷眼，粉蝶如知合断魂。
幸有微吟可相狎，不须檀板共金尊。

疏影横斜水清浅，暗香浮动月黄昏

方才两人还争辩了几句，“疏影横斜水清浅，暗香浮动月黄昏”这两句诗，谙于诗词的文人都知晓是从五代江为的残句“竹影横斜水清浅，桂香浮动月黄昏”改动而来，林逋把“竹影”改为“疏影”，把“桂香”改为“暗香”，辩才认为有剽窃的嫌疑，苏轼却说，这改得妙，改得好，点石成金。

辩才心想：这人就是这样，要爱爱得入骨，憎起来也是没完没了，皮囊里住着一个烂漫的人。当然四大皆空的人不会犯口戒，最多就是内心一哂。

另一首林和靖的梅花诗也写得绝佳：

小园烟景正凄迷，阵阵寒香压麝脐。
池水倒窥疏影动，屋檐斜入一枝低。
画名空向闲时看，诗客休征故事题。
惭愧黄鹂与蝴蝶，只知春色在桃溪。

秦观的梅花诗当然不错，但说能压林逋一头却是苏东坡的私心，和对秦观之爱了。你要说苏东坡不知道，辩才知道，错了，苏东坡对林逋的咏梅诗，尤其是“疏影”一联十分倾倒，称道其有“写物之功”。应和秦观诗作的时候，苏东坡贬官黄州已五年，心境犹如槁木死灰，但秦观的咏梅诗让他想到了杭州的孤山梅花，诗人在兴奋之余难免夸张。

在杭州通判任上，公务之暇，苏东坡常常在孤山一带赏梅饮酒，往往是在哪株梅花树下醉了，就在哪株梅花树下入眠，而一觉醒来，睁开眼睛，梅花早已纷纷扬扬落满身上和地下。离开杭州十年了（写诗时），年年花开花落，时间流逝如水，但可曾结出果实?

第二度入杭，苏东坡办公的官署府衙位于凤凰山下，登顶，南见钱塘江，北瞰西湖。而凤凰山一带，夹于西湖和钱塘江中间，自北而南的，正是杭州城。但元祐四年（1089）的苏东坡，看到的西湖有一张悲哀的脸。

他日思夜想的西湖，荒草丛生，水光潋滟不再，山色空蒙亦非往昔。元祐四年（1089）秋，刚刚到任的他旋即向朝廷上了《杭州乞度牒开西湖状》的奏章：“熙宁中，臣通判本州，则湖之葑合，盖十二三耳。至今才十六七年之间，遂堙塞其半。父老皆言，十年以来，水浅葑横，如云翳空，倏忽便满，更二十年，无西湖矣。”

算算时间，朝廷的答复应该是在路上了，而苏轼在这些时日也已经做了大量的物力和人力上的准备。

对于好友的这番努力，辩才自然心知肚明，乐见其成，虽然是跳出三界外、不在红尘中的修行之士，但对于栖身的杭州，辩才却不无眷恋。

年年只是人空老，处处何曾花不开

梅花飘落，落在泥泞里。觅食的鸟雀在林子里扑簌着，溅起那些积雪，辩才和苏轼谈了些空幻禅语。

苏东坡讲了一个悲伤的故事，是他所推崇的白居易所经历的。白居易任杭州刺史时，也做了很多实事，而尤其有意思的是，两人都喜欢到孤山和灵隐寺一带转悠。

有一回，孤山上野梅次第开放，白居易和他的属下一起到孤山寻梅。当时已是初春，在下午的阳光中春意融融，一行人且行且吟，颇为惬意。

忽听到一声幽怨的叹息从林子里传来，走到看得见的地方，是一白衫书生正独自在梅花树下自斟自饮，观之，应该是出身富豪。树下有从人把桌椅宛然摆放，如家中的客厅。

而梅花飘坠，散落在酒樽之中，似乎梅香渗透到了酒香里。

和苏东坡一样，白居易是个感性之人，对这白衣士子，他莫名就有了好感，于是走上前去，问："何事如此伤春？"

白衣士子见白居易气质儒雅，不是个迂腐之人，举手相邀，说："兄台等既然有缘，不如入座共饮。"

白居易也不客套，入座后，才一一见礼，而听到白居易的名字时，这白衣士子也只是愣了一下，并不拘谨。白居易注意到这年轻人身形消瘦，状态并不太好，而性格却很爽朗，这一日的聚会是欢畅的，谈诗论文直到暮色降临。

白衣士子姓薛名景文，是附近薛家村的大户人家出身。酒至酣处，薛景文写了一首《寻梅花同饮》赠邂逅相逢的白居易。白居易觉得这诗还算不错，当下和诗一首《和薛秀才寻梅花同饮见赠》：

忽惊林下发寒梅，便试花前饮冷杯。
白马走迎诗客去，红筵铺待舞人来。
歌声怨处微微落，酒气熏时旋旋开。
若到岁寒无雨雪，犹应醉得两三回。

这天梅花树下的酒席散了以后，在繁忙的公务之余，白居易倒是一直惦记着那个消瘦的薛秀才，尽管分手时他叮嘱薛秀才可去官衙找他，但始终没见他来。白居易以为这是年轻人的傲气，也没有特别放在心上。

忽忽一年过去，这一日处理完了公务，白居易想起这件旧事，突然有一种恍惚之感，就带着他的下属携着

忽惊林下发寒梅，便试花前饮冷杯

马上同携今日杯，湖边共觅去春梅

酒去了孤山的那片梅林。

去之前，他先命人去薛家村寻秀才薛景文，就说是去岁故人相约。

到了梅花树下，一切仿佛去岁，梅花依然在盛开，也在飘落，而去年在一起的那些人除了还没到的薛景文，也都一一在目，时间好像是停滞的。

正当他们觥筹交错之时，那个找寻薛景文的人回来了，他告诉白居易，薛秀才因为生病，已经在前些时去世了。白居易闻听之下，颇为黯然，本来是开心的酒宴忽变得郁郁寡欢。

当又一杯酒倒入喉咙之时，白居易一声浩叹，隔了一年，又为薛景文写了《与诸客携酒寻去年梅花有感》：

马上同携今日杯，湖边共觅去春梅。
年年只是人空老，处处何曾花不开。

诗思又牵吟咏发，酒酣闲唤管弦来。
樽前百事皆依旧，点检唯无薛秀才。

两首诗隔着一年，也隔着一个白衣胜雪的薛秀才，这是时光的流逝，更多的也是人世的哀伤，那种突然的失去和空缺。

苏轼读懂了白头老尹在文字中的喟叹，在这样锦绣的西湖边，时间同样在无声无息中消失。很多时候，我们都是这风景中的人，又被这风景所抛弃，就像梅花，它灿烂盛开，又很快在风中凋谢飘零，它的美能够被挽留住吗？

辩才是精研佛学的高僧，但对于苏东坡所讲的这个故事，也有着哀伤的共鸣，那是内心眺望时间深处的无力。肉体是一种幻象，辩才如是告诉苏东坡。

但显然，苏东坡还沉浸在白居易那种被时间打败了的挫折感里，他指指那几朵在雪意中兀自红艳的梅花，说：“这一定是白乐天所看到的世界，一朵花就是一个世界啊！”

在离开杭州很多年以后，白居易写了一首诗给当时的一个下属萧悦——两年赏梅他都在场，也是后世知名的画家——《忆杭州梅花因叙旧游寄萧协律》：

三年闲闷在余杭，曾为梅花醉几场。
伍相庙边繁似雪，孤山园里丽如妆。
蹋随游骑心长惜，折赠佳人手亦香。
赏自初开直至落，欢因小饮便成狂。
薛刘相次埋新垄，沈谢双飞出故乡。
歌伴酒徒零散尽，唯残头白老萧郎。

苏东坡眺望着远处，而净慈寺的钟声隔湖隐约传来。苏东坡像是自言自语，那个时候，白居易已是老态龙钟。

欲将公事湖中了，见说官闲事亦无

元祐六年（1091）春，没有下雪，阳光明媚，风中有暖意吹扬。孤山的梅林中，辩才和苏东坡这一僧一俗依然结伴赏梅。

这一年光阴如白驹过隙，对苏东坡来说尤其如此。

朝堂批准了苏东坡提出的疏浚西湖的请求，但只给了一百张度牒（度牒即僧人出家的身份凭证）作为启动经费。这一百张度牒，苏东坡卖出了一万七千贯钱，大概是整个工程所需费用的一半。然后，苏东坡又像个和尚一样化缘，等到钱财到位，他带领工人和船夫，浩浩荡荡开始了西湖整治工程。

有时候也是歪打正着，因为没钱把疏浚出来的西湖淤泥外运，苏东坡用这些淤泥建筑了湖上的长堤，栽种花木杨柳，修建小桥亭阁。这独具匠心的设计构成了西湖著名的“苏堤春晓”和“苏堤六桥”。

六桥横绝天汉上，北山始与南屏通。
忽惊二十五万丈，老葑席卷苍云空。

苏东坡用自己的诗描述了这条贯通西湖南北两岸的长堤。同时，苏东坡将岸边的湖面租给老百姓种植菱角，但必须为自己承包的湖面定期拔草。官府将收来的费用用于湖堤的保养，并且在西湖正中建造了三座小石塔，石塔中的水域严禁种植菱角。小石塔在后世被称为“三潭印月”，是西湖的标志性符号之一。

这一年多的时间里，苏东坡在杭州留下了诸多的逸事，据《梁溪漫志》记载："至冷泉亭，则据案判决，落笔如风雨，分争辩讼，谈笑而办。"

苏东坡对西湖的爱，大抵可以和白居易媲美了，这湖光山色中的烟波浩渺之气，让他心有戚戚。据说在苏东坡处理完公事、策马回家时，街道两旁常常挤满了想争睹苏仙容颜的民众，苏东坡是他们的明星。

宋代的史料笔记《春渚纪闻》记载着很多关于苏东坡的逸事，其中就有一个广为传颂的故事：苏东坡到杭州就职时，有人告状说有个人欠购绫绢的两万钱不还。公差把那人招来询问，那人说："我家以制扇为生，正好父亲亡故，而自今年春天以来，连着下雨，天气又冷，做好的扇卖不出去，并非故意欠钱。"苏东坡看了他许久，确定他没有撒谎，说："暂且把你做的扇拿过来，我来帮你卖。"扇送到后，苏东坡取空白的夹绢扇面二十把，拿起判案笔书写行书、草书并画上枯木竹石，一挥而就，交给那人说："快去外面卖了还钱。"那人流着泪拿扇往外走，刚过府门，就有好事者争相用千钱购扇，手里拿的马上卖完了，而后来的想买，已经买不到了，无不懊悔地离开。卖扇人用卖扇的钱终于还清了欠款。

所以 1091 年的苏东坡，和辩才在孤山赏梅时是开心的。这之前的一年，他没有光阴虚度，他甚至不无得意地把秦观写给他的那首《寄苏子瞻》迎风吟诵出来：

十里薰风菡萏初，我公所至有西湖。
欲将公事湖中了，见说官闲事亦无。

这第三、四句中的故事在《宋诗纪事》中有记载。说苏轼在杭州为官时，常常早上带着一大帮朋友、差役乃至歌妓来到西湖上，一边游赏作乐，一边办理公事；到了傍晚，又带着一大帮人回城，玩得尽兴，公事也办完了。工作、娱乐两不误，在当时传为美谈。

这当然不能用今天的眼光去看，起码在辩才看来，苏轼让人惊才绝艳，非常人可以企及。但苏东坡自己没有这样认为，反而常常有遗憾，比如像白居易那样对时光须臾的伤感，对自己转瞬即逝的灵感的惋惜。就在这孤山上，在《腊日游孤山访惠勤惠思二僧》中，他写到了自己的失落：

天欲雪，云满湖，楼台明灭山有无。
水清石出鱼可数，林深无人鸟相呼。
腊日不归对妻孥，名寻道人实自娱。
道人之居在何许，宝云山前路盘纡。
孤山孤绝谁肯庐，道人有道山不孤。
纸窗竹屋深自暖，拥褐坐睡依团蒲。
天寒路远愁仆夫，整驾催归及未晡。
出山回望云木合，但见野鹘盘浮图。
兹游淡薄欢有余，到家恍如梦蘧蘧。
作诗火急追亡逋，清景一失后难摹。

这人世的优游里，也许能看见的是别人的才华潇洒，但谁能道出风光背后的努力呢？

春风吹散梅花雪，香满西湖载酒船

在这一年的晚些时候，苏东坡离任杭州。那一日回望西湖，他突然想起唐代诗人李绅的那首《重别西湖》。对苏轼而言，西湖于他，也是二度别离：

浦边梅叶看凋落，波上双禽去寂寥。

春风吹散梅花雪，香满西湖载酒船

吹管曲传花易失，织文机学羽难飘。
雪欺春早摧芳萼，隼励秋深拂翠翘。
繁艳彩毛无处所，尽成愁叹别溪桥。

而苏轼自己，为友人留下了《八声甘州·寄参寥子》这样一阕词作为告别：

有情风、万里卷潮来，无情送潮归。问钱塘江上，西兴浦口，几度斜晖。不用思量今古，俯仰昔人非。谁似东坡老，白首忘机。　　记取西湖西畔，正暮山好处，空翠烟霏。算诗人相得，如我与君稀。约他年、东还海道，愿谢公、雅志莫相违。西州路，不应回首，为我沾衣。

辩才记得，送别苏轼之时，这个深情的男人对着梅林凝眸良久，梅花此时已谢，而梅香犹在鼻尖的记忆里。

辩才不知道的是，这两年中，他和苏东坡所看过的梅花，被后来的无数人所凝视，比如元代以画梅成名的王冕一口气写下《素梅》十六首、《红梅》十九首、《梅花》十四首。其中《素梅》中的一首是：

不向罗浮问醉仙，笑呼孤鹤下吴天。
春风吹散梅花雪，香满西湖载酒船。

又三百多年的光阴流逝，世称“诗书画三绝”的郑燮郑板桥，在孤山上挥毫泼墨，写了《题梅竹图》。那个时候，一朵梅花从枝头飘落，似乎有小小的涟漪荡开，而梅花的魂魄或就在这样的轮回中：

一生从未画梅花，不识孤山处士家。
今日画梅兼画竹，岁寒心事满烟霞。

第三章　谁家新燕啄春泥

山色绿如染，湖光青似磨。
峰高捧日久，波阔浸天多。
瑞气浮城阙，春光醉绮罗。
能将比西子，妙句有东坡。

南宋隆兴元年（1163）阳春三月的一个午后，暖风微熏，游人如织。从断桥上漫步走向孤山方向，两位中年文士模样的人相伴而行，看起来兴致颇高，其中个子较高的那位捻须吟诵了他写于六年前的这首诗，当日写这首诗时兴致颇高，如今吟来更如春风拂面。

另一位文士鼓掌喝彩，说："龟龄兄，《春日游西湖》这诗妙啊，气象万千，大有东坡居士的风味！"

这两位文士，是当时的两位名士：吟诵的那位个子高点的，是刚刚升任侍御史的王十朋（字龟龄）；另一位是他的好友，将赴严州任司户的曹逢时（字梦良）。两人都是乐清人，又在南宋绍兴二十七年（1157）同科进士及第，交情自是深厚。

莫怪此渠来便去，都缘心地似虚空

1157 年或是王十朋的荣耀之年，也是三月，年已四十六岁的王十朋在屡试不第后终于登科，而在殿试时，以“揽权”中兴为对，宋高宗认为王十朋“经学淹通，议论醇正，可作第一人”，故亲擢为进士第一，也就是那一科的状元。

而六年后的今日，这一刻的王十朋心情是愉悦的，不仅仅是故友相逢的喜悦，还有鲲鹏展翅的欢畅，在前一日的朝会上，他所力主的张浚等提出的抗金政策得到了通过，今天和曹逢时也是赴张浚等人之约，把酒言欢，诉说家国情怀。

两人一路谈谈说说，湖面上时有燕雀飞掠，犹如风的影子，把他们的目光带向远山的轮廓，而近水无波，仿佛镜子。想到国事如此，中兴在望，王十朋笑对曹逢时说：“梦良兄，可知我此刻心情用哪首诗来形容最为恰当？”

湖光山色如许，曹逢时说：“东坡句？”

王十朋摇头不语，曹逢时又猜：“乐天诗？”

王十朋莞尔，指指这白堤，说：“梦良兄，此时此景，白公的《钱塘湖春行》是最为恰当的。”白诗云：

孤山寺北贾亭西，水面初平云脚低。
几处早莺争暖树，谁家新燕啄春泥。
乱花渐欲迷人眼，浅草才能没马蹄。
最爱湖东行不足，绿杨阴里白沙堤。

几处早莺争暖树，谁家新燕啄春泥

白居易此诗呈现出一个春意盎然的西湖，是多么美妙和恰到好处，在经历了秋冬水落的枯竭后，春水初涨，水天一色。而鸟类是敏感的，它们的欢欣仿佛是这个春天的轮廓，万象更新，万物从沉睡中苏醒，而春色尚浅，长出的青草刚刚能遮住马蹄，但很快就会姹紫嫣红。

王十朋在心中如此解读白居易的这首诗，融和骀荡的春意跃然字里行间，就像清人在《唐律偶评》中说："平平八句，自然清丽，小才不知费多少妆点。"（陈伯海《唐诗汇评》引）

曹逢时也感觉到了王十朋的喜悦，他们这一代文士，处身于激荡乖张的时局之中，期冀着中兴能变成现实，好友的这种喜悦又何尝不是他的？

曹逢时说："景色如画，龟龄兄心底无私，倒契合本朝先贤的诗句。"

王十朋说："梦良兄诵来听听。"

湖边三月百花红，湖上游人处处通。
莫怪此渠来便去，都缘心地似虚空。

曹逢时吟诵毕，故意斜睨着王十朋，看他是否读过这首诗，王十朋哪里会不知道，他说："张乖崖的《杭州一百五日水心亭留题》。"

这首诗是北宋太宗、真宗两朝的名臣张咏所写，而王十朋和曹逢时佩服的还不是他的诗，而是他的政绩：张咏治蜀时声誉鹊起，在北宋景德年间（1004—1007）任益州知州时，管理整顿了当时流行于四川地区的"交子"，并得到官方认可。交子是世界上公认的最早的纸币，因此张咏也被誉为“纸币之父”。

“都缘心地似虚空”，这是一种洒脱的境界和情怀，两人相视一笑，莫逆于心。

烟波遥尽处，仿佛见渔家

丝竹婉转，歌喉悠扬。

王十朋、曹逢时、张浚等人谈笑晏晏，在几案上，放着四时鲜果、干果，以及南北土特产、雕花蜜饯。自高宗移驾临安（今杭州）之后，虽然在和金国的对抗中没有优势，但经济复苏，市井繁华。

画舫漂荡在湖水之上，而春日天气多变，刚才还是阳光明媚，转瞬间已是阴云密布，隐约有春雷滚滚。文士打扮的张浚一盅酒下肚，突然兴致大发，示意乐工们停了演奏，他吟诵道：

湖上春来似画图，乱峰围绕水平铺。
松排山面千重翠，月点波心一颗珠。
碧毯线头抽早稻，青罗裙带展新蒲。
未能抛得杭州去，一半勾留是此湖。

这是白居易的《春题湖上》，此际由即将领兵开赴前线的张浚吟诵出来，却别有一番意味。白居易于唐长庆四年（824）即将卸任杭州刺史，此诗即在春日踏青时所作，诗句中充满了深深的眷恋和不舍。张浚作为北伐主将，这一去祸福难料，对离开热闹喧嚣的国都自然有内心的波动。

宋立国后，提倡教化，宋真宗写了《劝学诗》传播于民间，“书中自有黄金屋，书中自有颜如玉”成了社会的共识，而韩琦怼狄青时说的“东华门外以状元唱出者乃好儿”更是推波助澜。这导致的一个现象是，很多带兵打仗的粗鲁汉子也能写上几行诗词，或者说，军人上位后往往逼迫自己粗通文墨。

王十朋听出了张浚的言外之意，别有一番感触，他拱拱手，说：“将军此去，当显威于北地，我用本朝张公张三影①的诗《次韵清明日西湖》为将军壮行。”王十朋示意乐工演奏起管弦丝竹，拍案吟诵：

新火飞烟上柳梢，天供好景助诗豪。
江湖一处逢嘉月，溟海同时得巨鳌。
白水更随春雨长，青云不及画楼高。
千桡插羽鼙声动，十里惊雷夺暮涛。

明日西湖当波澜壮阔，这是王十朋的心声，也是他升任侍御史后力荐主战派的缘由。

张浚笑曰：“今日只叙风月，不谈明日之事。”

此时，风吹云收，湖面上光影斑驳，曹逢时指点着湖山胜景，说：“司马文正公的《西湖》一诗，仿佛是为眼前之景所写。”

佳丽三吴国，湖光荡日华。
鱼惊动蘋叶，燕喜掠杨花。
云过山腰黑，风驱雨脚斜。
烟波遥尽处，仿佛见渔家。

众人心底默念此诗，内心升起了对仁宗朝时的追忆，那是一个让偏安一隅的南宋想要追回的盛世。写此诗的

① 张三影：即张先（990—1078），字子野，湖州人。词与柳永齐名。其自诩“云破月来花弄影”“帘押卷花影”“堕轻絮无影”为得意之句，故世称“张三影”。

司马光在仁宗宝元元年（1038）进士及第，累迁龙图阁直学士。后在宋神宗时反对王安石变法，离开朝堂后主持编纂了中国历史上第一部编年体通史《资治通鉴》。

前朝往事，是是非非，但对于司马文正公的敬仰，却是座中诸人的共识。立身，立言，这都是文人的理想。

曹逢时指着湖中之岛，说："这倒像是瓯江上的江心屿。我去岁返乡，听到过一个和龟龄兄相关的传奇故事。"

说完，曹逢时闭口不言，卖了个关子。众人好奇相询，曹逢时才慢慢道来：

王十朋曾经在江心屿的寺中寄居苦读。据说有一个夜晚，读书倦乏了的王十朋沿江漫步，倾听潮水奔腾，一时间胸怀激荡，信步闲走中，一个人沉浸在吟诗作赋的快乐中。王十朋的吟诵声在月光里回荡，仿佛随着月光也沉浸到了瓯江的江水里。

瓯江的江面上，波光荡起涟漪，在王十朋的吟诵间歇里，江中鱼儿的戏水之声好像是一种伴奏。细看，原来在江面上集结了成千上万条凤尾鱼，月光照耀下，水面上凤尾鱼万头攒动。更为奇怪的是，这些鱼似有灵性，王十朋走到哪里，鱼群便跟到哪里，还把头露出水面，好像如痴如醉，津津有味。

原来这些鱼是被王十朋的读书声醉倒了。

曹逢时的故事说完，众人再听王十朋的说话时，觉得有说不出的温润和好听。曹逢时故事中的凤尾鱼，即是俗称的子鲚，长尾扁身，银白色，其肉质鲜嫩，美味可口。每年春二三月，凤尾鱼便从浅海区域溯江而上，成群结队地集游在江面上。

王十朋一笑："乡间野语罢了。"这个故事王十朋也听到过，在他被高宗钦点为状元后开始盛传于温州，大抵是被人用来教育自家孩子的范例。状元在乡人的眼里，大抵是天上的星宿下凡，总归伴有神迹和传说，最早是谁说的早已不可考。

也是起了戏谑之心，王十朋俯身船舷，说："我看看有没有鱼儿来倾听！"

湖水荡漾，水中那人早已容颜枯槁，曹逢时所说在江心屿寄读之事，早已是遥远的回忆，远到如天际浮云依稀。看着湖中的影子，王十朋忽然想起白居易的那首《湖中自照》：

重重照影看容鬓，不见朱颜见白丝。
失却少年无觅处，泥他湖水欲何为？

不由一声长叹，而这长叹中，想起关于自己的另一个市井传说，更是哭笑不得。

轻澌流回浦，残雪明高峰

"臣闻人臣之罪，莫大于怀奸误国，植党盗权，忌言蔽贤，欺君讪上。有一于此，罪不容诛，众恶备焉，其何可赦！臣谨按尚书右仆射史浩人品凡下，天姿险奸……不知尽臣子之大节，报非常之恩，机巧百端，得罪公议。臣请条其罪恶之著者有八焉。"（《论史浩札子》）

这是王十朋任侍御史后最为人所称道的一次弹劾，

侍御史为台谏之职，这是他上疏弹劾参知政事史浩八大罪的札子，文章锋棱毕露，字字直刺史浩，在这之后，史浩被罢职出知绍兴府。

但王十朋觉得这还是太便宜了史浩，再次上疏弹劾，史浩终被罢官奉祠。消息传出，据说临安街头有民众奔走相告“真御史”之名节。但事实上，两人之争更多的是政治策略的差异，当时陈康伯、史浩为相，朝廷的主流意见都志在恢复中原，但是，怎么恢复？是立刻挥师北伐还是暂时韬光养晦？朝中大臣中，张浚、王十朋、胡铨、虞允文、陈俊卿、王大宝等人主张立即北伐，而史浩、陈康伯等主守，反对急于用兵。

在史浩罢相之后，强烈的主战派占据了上风，但此时，在市井间却传出了王十朋的八卦故事。在南戏《荆钗记》中，书生中状元后抛弃糟糠之妻、负心婚变的故事流传甚广，戏中的书生就叫王十朋。

王十朋听说此事后，当时是一笑了之，但这个戏却越来越热，被人影射终究让人烦心。一直到明成化年间（1465—1487），丘濬在《五伦记》卷首副末开场《临江仙》词中云：“每见世人搬杂剧，无端诬赖前贤。伯喈负屈十朋冤。九原如可作，怒气定冲天。”可见戏中的王十朋还是一个受抨击的舞台形象。

按照友人们的推测，是史浩让门客作戏文造舆论编排王十朋。此事的内情，也许就是清刻笔记小说《瓯江逸志》里所说：“今世俗所传《荆钗记》，因梅溪劾史浩八罪，孙汝权实怂恿之。史氏切齿，遂令门客作此传以蔑之。盖玉莲乃梅溪之女，孙乃梅溪同榜进士也，史客故谬其说耳。又有一说：玉莲实钱氏，本倡家女，初，王与之狎，钱心许嫁王。后王状元及第归，竟不复顾，钱愤而投江死。”

杀人不见血，说的就是这一回事。但人们的眼睛是雪亮的，到了后世，《荆钗记》已为王十朋翻了案，演变为书生高中后不忘糟糠之妻的节义忠贞行为。

王十朋此时的烦恼无法宣泄，他和家中的糟糠之妻贾氏举案齐眉，由于他为官清正廉洁，生活清贫俭朴，平时的俸禄常用于办教育和周济穷人，无有积蓄，而贾氏一生贫寒相随贤助，剧中这样的诽谤令人顿生烦恼。（在若干年以后，贾氏病死在王十朋泉州任上，王十朋写有悼亡诗：“相勉惟清白，囊如四壁空。难忘将绝语，劝我莫言穷。”）

曹逢时几个是知道这事的根源的，但一时之间哪里想得到王十朋心中的千转百回，都以为他是在为即将到来的北伐担心。

此时有人说：“可惜虞兄不在。”

几人相顾而笑，王十朋觉得自己方才有些失态，也不想解释，远远看见望湖楼掩映在绿荫丛中，湖中又有白鹭蹁跹，他随口吟诵了首太平兴国进士李建中的《杭州望湖楼》[①]：

小艇闲撑处，湖天景物微。
春波无限绿，白鸟自由飞。
落日孤汀远，轻烟古寺稀。
时携一壶酒，恋到晚凉归。

① 诗见释文莹《玉壶清话》卷一。一说是苏为《湖州作》，几字稍异。

这诗在描绘西湖美景之时，更有飘然出尘的兴致，物我两忘，充满着欲辩已忘言的意蕴。王十朋也是在提醒众人，天已近暮，此刻晚风吹拂，略有些凉意。

落日下林坂，抚襟睇前踪。
轻澌流回浦，残雪明高峰。
仰视天宇旷，俯登云树重。
聊当问真界，昨夜西峦钟。

曹逢时兴致大起尚未消退，吟诵的是唐代诗人张祜的《早春钱塘湖晚眺》。张祜的这眺望并不是单纯的看风景，也是对人世的远眺，有旷达和放下了的释然。

一行人在涌金门外上岸后，便去了张浚的府邸赴宴。

处处回头尽堪恋，就中难别是湖边

王十朋脸上的萧索之意是明显的，对来送别的曹逢时等人拱手为礼，连道这一别回乡，不知道几时才能归来。

这是王十朋写《春日游西湖》半年之后，秋日萧瑟，落叶漫卷，轰轰烈烈的北伐却以惨淡收场，张浚所节制的朝廷大军一开始势如破竹，很是打了几个胜仗，就在节节前进之际，所辖诸部将领之间芥蒂丛生，导致军令不畅，最后兵败符离（今安徽宿州）。

而作为张浚举荐人之一的王十朋，在内疚和对国事迷茫的情绪中，也是在主和派势力的汹汹反扑大势中，自咎归田。

王十朋依然以白居易的《西湖留别》吟赠送别好友：

征途行色惨风烟，祖帐离声咽管弦。
翠黛不须留五马，皇恩只许住三年。

处处回头尽堪恋，就中难别是湖边

绿藤阴下铺歌席，红藕花中泊妓船。
处处回头尽堪恋，就中难别是湖边。

和当年的白居易一样，对于西湖这天然去雕饰的美景，王十朋有着心心念念的眷恋。

曹逢时以东坡居士的《菩萨蛮·西湖送述古》相赠王十朋：

秋风湖上萧萧雨，使君欲去还留住。今日漫留君，明朝愁杀人。　佳人千点泪，洒向长河水。不用敛双蛾，路人啼更多。

此时此景，和这词的意蕴也契合，远望宫阙，似天上琼楼般缥缈。一行人在涌金池边别过，王十朋突然想起对西湖有着无比狂热的郭祥正《钱塘西湖百咏》（又作《和杨公济钱塘西湖百题》）中的那首《涌金池》：

众沼皆涵碧，斯池独涌金。
宝光中夜见，不是月华深。

江湖多风波，处世之艰难和泥淖深陷不可避免，有时候，单纯的激情并不能改变时代。若干年以后，在泉州任上的王十朋想到杭州时，写了《点绛唇·素香丁香》这样一阕词：

落木萧萧，琉璃叶下琼葩吐。素香柔树，雅称幽人趣。　无意争先，梅蕊休相妒。含春雨，结愁千绪，似忆江南主。

他想到了好友曹逢时，此时的曹难展报国之志，以年老乞归于家，专心办书塾，奖掖后进，培育人才。王十朋不由有些惆怅。那个时候，正好有一窝燕子在官衙的横梁上筑巢，几只刚孵出来的小燕子嗷嗷待哺，王十朋凝神看了很久……

第四章　桂子月中落

弹压西风擅众芳，十分秋色为伊忙。
一枝淡贮书窗下，人与花心各自香。

月待圆时花正好，花将残后月还亏。
须知天上人间物，同禀秋清在一时。

朱淑真的这两首咏桂诗（收入《秋夜牵情》六首诗中）在中秋过后传出，一时间便成为酒肆街巷间传诵的热点。宋室南渡后，经过几十年的休养生息，杭州被经营得繁华异常，人们对于诗词歌赋的热爱大抵是一种文化的需要。

此时，李清照、魏夫人（魏玩）先后凋零，在人们的视野里，当世称得上才女的，朱淑真已是一枝独秀。她创作的诗词多抒写个人爱情生活，文辞清婉，情致缠绵，即使是忧愁郁闷之作，在幽怨感伤之余，也颇有可取之处。而后世人称朱淑真为“红艳诗人”，大抵是因为她诗词中的颜色用得丰富。

一味恼人香，群花争敢当

庭院里，那株临池的桂花还在盛绽，西风吹袭，已有阵阵凉意，泥地上飘落的桂花敷了薄薄的一层，那微香似乎在空气中扩散。花样女子朱淑真倚在美人靠上，闲看花落。

桂花一直是她的至爱，就像那首诗中所写到的一样：在西风中开放的桂花让其他的花黯然失色，秋光似乎都在为它忙碌，而书房窗下偷偷斜逸的一枝，独自散发着淡雅的芳香，使得人心中的香与花散布的香自然而生。花开得灿烂之时正好月圆，花开始凋零之际月也开始变亏。莫非这是天上才能有的花，我们又何必在意它只开放在清秋？

朱淑真其实是寂寞的，那个做小官的丈夫忙于杂务，很少回来。这让朱淑真颇为无奈。她自小家境优裕，聪慧灵秀，诗画音律无所不精，且博通经史，尤擅诗词。

朱淑真此刻想起她的少女时代，那时是真的无忧无虑。少女朱淑真的目光，常常追随着雨丝或者翩跹的蝴蝶，恍惚飘浮在她家的东园、西园、西楼、桂堂、依绿亭……少女时候的她，李清照是她的偶像，没有想到的是，在她成年之后，她甚至比李清照更能喝酒，情感上更大胆和无忌。后世的那些“酒鬼和色女”的身体里，都住着半个朱淑真，只是缺少了她的才华。

而朱淑真的身体里，从她的少女时代起就秘密地住进了李清照。同时，朱淑真还是声名巨大的苏东坡的爱好者，从她的遣词造句中可以看出东坡诗词对她的影响。但遗憾的是，也许是性别上的差异，东坡的旷达显然没有影响到她。

盛宴中，山水间……少女时代的朱淑真是一个精灵，早慧而活泼。比如那一年，也许是因为青芝坞这边山地的气温低，桂花迟迟没有开放，她甚至写诗催促，即《堂下岩桂秋晚未开作诗促之》：

著意裁诗特地催，花须著意听新诗。
清香未吐黄金粟，嫩蕊犹藏碧玉枝。
不是地寒偏放晚，定知花好故开迟。
也宜急趁无风雨，莫待霜高露结时。

少女时候的这种任性，一颦一笑，一举一动，事后去想，都是甜蜜的回味，但这种无忧无虑的时光一去不复返。现在去看桂花，却是不一样了，人间终究有着种种的无奈，就像流光的消逝。在另外一阕《菩萨蛮·木樨》词中，朱淑真（一说朱秋娘作）这样写道：

也无梅柳新标格，也无桃李妖娆色。一味恼人香，群花争敢当。　　情知天上种，飘落深岩洞。不管月宫寒，将枝比并看。

至今不会天中事，应是嫦娥掷与人

午后，有些倦怠，神思恍惚。朱淑真读了一会儿诗词，或许是为了迎合这个季节，她找了一些关于桂花的诗篇。

时下名声大噪的大儒朱熹，隐约好像还是朱淑真的远房亲戚，也写有一些咏桂之诗，比如朱淑真此时在读的《咏岩桂》：

亭亭岩下桂，岁晚独芬芳。
叶密千层绿，花开万点黄。
天香生净想，云影护仙妆。

亭亭岩下桂

谁识王孙意，空吟招隐章。

朱淑真读着，一个严正端方的形象跃然于脑海。在朱淑真的时代，杭州城里的桂花还没有普遍栽种，大多种在家中庭院里和寺庙里。朱熹这样的咏桂之诗，在朱淑真看来，中规中矩，多少有点无趣。这诗写得没有毛病，却很难在朱淑真的心里溅起涟漪。

《山海经》在《南山经》里说招摇之山多桂，在《西山经》里又说皋涂之山多桂木，这西和南都是芳香满山。朱淑真想象了下，“援北斗兮酌桂浆”“辛夷车兮结桂旗”，屈原在《九歌》中描述的场景让人心荡神驰。这桂花，何时才出现于此，这才是万千宠爱集于一身。相传当年，陈后主（582—589 年在位）为爱妃张丽华造“桂宫”于庭院，说是有桂一株，并于树下置药杵臼，让张丽华驯养一白兔，时独步其中，谓之月宫。

大概得不到的都是好的。朱淑真生出了惆怅，想起自己远行在外的丈夫，有一种被冷落了的感觉。在中秋佳节，家人团聚、饮酒赏月之余，朱淑真写了咏桂诗后，又写信给他讲了唐人小说中的故事：月中有桂树，高逾五百丈。有河西人吴刚，因学仙时不守道规，被神仙罚至月中伐桂，但此树随砍随合，多少年过去了，总不能伐倒。吴刚每日辛勤伐树不止，但桂树却依然如故，每一天生机盎然，尤其在中秋这一天，更是馨香四溢。每一年只有中秋这一天，吴刚才在树下稍事休息，与人间共度团圆佳节。

朱淑真说这样一个故事，是想要点醒自己的丈夫，不要做那么多的无用之事而忽略了家人，但说了又有什么用呢？要出发的时候他还是出发了，过去看不见的他现在依然看不见。“安知南山桂，绿叶垂芳根。清阴亦可托，何惜树君园”，李白《咏桂》中所要表达的，何尝不是朱淑真想说的？

朱淑真打了一个盹，秋日把她困于一种绵长的轻愁里。

醒来时，衣服和手臂上有飘落下来的点点桂花，生命绚烂而花期短暂，手中的书页，正好翻到晚唐皮日休的那首《天竺寺八月十五日夜桂子》上：

玉颗珊珊下月轮，殿前拾得露华新。
至今不会天中事，应是嫦娥掷与人。

才华也许是要遭天嫉妒的，自号醉吟先生的皮日休在黄巢的政权中任翰林学士，而黄巢败亡后便不知所终，不知道是死于乱军，还是在心灰意冷中避世隐居。

嫦娥，该是最寂寞的仙人了，“应是嫦娥掷与人”，皮日休的这一句诗让朱淑真想到另外一句唐诗"天香云外飘",那是诗品与人品比较矛盾的宋之问在杭州写的《灵隐寺》中的一句。

因为这两句诗,朱淑真突然想到一桩逸事,生出了强烈的去山寺中一走的念头。她住在青芝坞这里,离天竺寺并不远,而此刻天色尚早,她有足够时间去秋游遣兴。

愿公采撷纫幽佩,莫遣孤芳老涧边

出行的朱淑真做男装打扮,跟着两个从人。还是在少女时,她就习惯于这样偷偷溜出家门,说起来,这还是受到了李清照的启发。传说中易安居士常常易钗而行,让少女时的朱淑真无比羡慕,有机会时,她便偷偷尝试,从而一发不可收拾。

说起来朱淑真自己写的诗词婉约清新,却偏喜苏东坡的豪迈舒朗,她突然想去,倒不是为了烧香祈福,而是从咏桂诗中想起一个典故,想着去追寻一番。

当年白居易离开杭州后,出于对江南的思念,写过《忆江南》组词,其中一首是:

江南忆,最忆是杭州。山寺月中寻桂子,郡亭枕上看潮头。何日更重游!

这说的山中桂子,便是天竺寺中的桂花,白居易对桂花也是情有独钟,此后担任苏州刺史时,更是从天竺寺移植桂花树到了苏州。朱淑真的兴起也和白居易有关。

白居易在杭州时,与在天竺寺周边结庵修行的韬光禅师过从甚密。流传于江湖的传说是,韬光禅师是蜀僧,在他辞别师父云游四方之际，他的师父告诉他："遇天可前，逢巢即止。"在白居易到杭州前一年，他云游到了杭州灵隐山下的巢构坞[①]，见此地钟灵毓秀，就建庵修禅。等他见到白居易后，这一晚于庵前送别衣袖飘飘踏月而下的白居易，突然醒悟："奇哉，果然遇到乐天（白居易，字乐天），又逢上了巢构坞，此地即为师父嘱我的栖止之所了。"

这个故事是真是假，朱淑真听了也只是展颜一笑，市井传说罢了，但白居易给韬光禅师写有诗倒是真的，比如《寄韬光禅师》：

一山门作两山门，两寺原从一寺分。
东涧水流西涧水，南山云起北山云。
前台花发后台见，上界钟声下界闻。
遥想吾师行道处，天香桂子落纷纷。

白居易在这首诗中，对韬光禅师的仰慕之情溢于言表，尤其是说韬光禅师是他的老师，遥想老师在弘法的时候，妙语如玉，就如桂花飘香。

韬光禅师后来从杭州天竺寺出来，移锡虔州（今江西赣州）修吉寺，修吉寺也因此而改名天竺寺。在虔州天竺寺，当年镌刻有白居易亲书"一山门作两山门"的诗句，在朱淑真的时代，哪怕是在虔州天竺寺里，也已经看不到了。据说在苏东坡十二岁时，他父亲苏老泉告诉他韬光禅师和白居易的这个典故，说，现在去虔州天竺寺的话，白居易亲笔所写的诗句是看不到了，但当年的石刻还在（"诗已亡，有石刻存耳"），苏东坡听后号啕大哭，非常伤心。

到了苏东坡到虔州天竺寺游玩时，想起这段往事，

① 巢构坞，又作巢沟坞、巢居坞。

也是出于他对白居易的热爱，写下了《天竺寺》一诗：

香山居士留遗迹，天竺禅师有故家。
空咏连珠吟叠璧，已亡飞鸟失惊蛇。
林深野桂寒无子，雨浥山姜病有花。
四十七年真一梦，天涯流落泪横斜。

苏东坡是感性的，总是那么随性而为，对于时光如白驹过隙般的感慨却又是真实的。而之所以有虔州天竺寺的名字，正是因为杭州天竺寺韬光禅师的到来。

朱淑真用手细细抚摸着天竺寺周边嶙峋岩石上的青苔，遥想白居易和苏东坡当年在天竺寺中的行迹，触摸之间，似乎可以感受到石头在沁凉中所蕴蓄的两代诗人的余温。思想和文化都是有传承的，它不可能凭空而来，白居易和苏东坡在诗歌中隐秘的血脉传承，就像他们对杭州的建设一样。如果这两人能够一起品茗煮酒，那又会产生何等的反应？

然后，朱淑真看到了那棵桂花树，蓊郁葱茏，星星点点的桂花犹如闪烁之眼睛，一个小僧正在打理。朱淑真想到苏东坡第一次来杭州担任通判时的另外一首诗，也是在中秋之后，不由莞尔一笑，苏东坡的魅力有时正是在这些小事和生活之中。

朱淑真想到的诗是苏轼的那首《八月十七日天竺山送桂花分赠元素》：

月缺霜浓细蕊干，此花元属桂堂仙。
鹫峰子落惊前夜，蟾窟枝空记昔年。
破裓山僧怜耿介，练裙溪女斗清妍。
愿公采撷纫幽佩，莫遣孤芳老涧边。

劝君惜取花开时，苏东坡是这样劝友人的。

北宋熙宁七年（1074）六月，杨绘杨元素接替陈襄为杭州知州，当时的苏东坡任杭州通判。杨元素是苏东坡的主官，也就是上司，而他们原来就是相熟相知的：杨绘，字元素，号先白，绵竹（今属四川）人，嘉祐元年（1056）登进士第，历官荆南府通判、开封府推官等职，后任翰林学士、御史中丞。

杨元素到杭州不久，就是中秋佳节，与苏东坡交好的天竺寺僧人知道苏东坡喜爱桂花[①]，遂遣人送来采摘下的桂花枝条。从苏东坡的诗里我们知道，此时已过仲秋，已经是八月十七日，秋霜降时，这桂花摘下几天了[②]。

苏东坡不忍独享这芬芳，就分赠了一些给刚刚到杭州履新的杨元素，让他感觉到杭州的美好。在诗中，苏东坡还恭维了杨元素一下，说此花不比寻常，是有品牌的。而古人说折桂指的是登科，苏东坡以传说与典故来说杨元素当年登科之事，即所谓蟾宫折桂转用为“蟾窟枝空”。

杨元素的政治理念大抵与苏东坡相同，对王安石改革中的冒进颇有微词，这也是其仕途受挫的一个原因。在这首咏桂诗中，除了描绘桂花的形态和品格，同时还有以花酬知音的意思。

朱淑真喜欢的是苏东坡的这种境界，自己身为女子，很难做到这样的旷达，但终究能有所感受。

苏东坡和杨元素在杭州只相处了短短三个多月，当年的九月，苏东坡便由杭州通判调为密州知府。知道消息后，杨元素为苏东坡饯别于西湖上，苏东坡写了这样一阕情深意长的《南乡子·和杨元素时移守密州》：

① 苏东坡在杭州为官时与上天竺寺、孤山寺等僧人多有来往，有诗文唱和，留下《雨中游天竺灵感观音院》等诗。

② 宋时，从天竺到杭州城里，要下山至茅家埠乘船，到涌金门或清波门上岸进城。

露浓梧影淡，风细桂香浮

东武望余杭，云海天涯两渺茫。何日功成名遂了，还乡，醉笑陪公三万场。　　不用诉离觞，痛饮从来别有肠。今夜送归灯火冷，河塘，堕泪羊公却姓杨。

被认为是词中豪放派大师的苏东坡，这阕词却写得委婉缠绵：东武和余杭两地相望，远隔天涯，云海茫茫。不知道什么时候我们才能功成名就衣锦还乡，到时候我要与你同笑长醉三万场。今天不是用酒来诉说离情别绪，我们那么痛饮从来都另有怀抱啊！今夜拿着残灯送你归去，走过河塘，恍惚间见落泪如羊祜的却是你杨元素啊！

苏东坡是感性的，朱淑真吟诵这阕词时，有着无端的伤感，好在这一日下山时，天竺寺的大和尚见她实在喜欢桂花，就剪了一些送给她。朱淑真抱着这捆桂枝，感觉和家中庭院里栽种的还是有所不同，这就像同时代诗人杨万里所写的《咏桂》：

不是人间种，移从月中来。
广寒香一点，吹得满山开。

欲赏今宵月，须登昨夜楼

若干年后，朱淑真再次验证了红颜薄命的咒语，后世对她的死有着种种传闻：到底是在和丈夫离异后才另觅爱人，还是在无爱的婚姻中出轨？是离异导致抑郁，还是因与情人分手而“悒悒抱恨而终”？也有人猜测她可能是投水自尽，死于湖中。而她死后，她父母为了消除他们所认为的“丑闻”，把朱淑真的文稿付之一炬。

又过了几年，到淳熙九年（1182），一个叫魏仲恭的人将朱淑真流传在外的残存作品辑录出版，并在序文中说：“比在武陵，见旅邸中好事者往往传颂朱淑真词，每窃听之，清新婉丽，蓄思含情，能道人意中事，岂泛泛所能及？未尝不一唱而三叹也！”

在某一年的中秋佳节，秋风起时，朱淑真若有所感，写了题为《中秋》的一首诗，也写到了桂花，这也许是她一种心声和自画像：

秋来长是病，不易到中秋。
欲赏今宵月，须登昨夜楼。
露浓梧影淡，风细桂香浮。
莫做寻常看，嫦娥亦解愁。

第五章　毕竟西湖六月中

一灯如豆，僧房里荡漾着一种幽寂清冷的情愫，杨万里和林子方谈兴未了，和方丈谈玄论道后，仰望头顶那轮玄月，杨万里突然思念起已经沉入"荒凉寂寞之乡"的好友张孝祥来。

张孝祥是杨万里进士及第那一年（南宋绍兴二十四年，即 1154 年）的状元，比他年少五岁。听杨万里说了一些张孝祥惊才绝艳的旧事，林子方也是不胜感慨，这样的人杰却无缘识荆。

荡漾湖光三十顷，未知叶底是谁莲

此时是淳熙十四年（1187），杨万里任秘书少监、太子侍读，而莆田人林子方是直阁秘书（负责给皇帝草拟诏书的文官）。杨万里是林子方的上司，两人都有相似的政见和抱负，志同道合，所以常常在一起切磋诗文，畅谈强国抗金主张，互引为知己。

但林子方即将离开杭州，他已受命为福州知州，今天杨万里便是为他送行。酒宴之后，林子方又拉着杨万里去和净慈寺的方丈告别，不料就聊到了深夜，估计是

荡漾湖光三十顷，未知叶底是谁莲

进不了城了，于是两人借宿于僧房，索性秉烛煮茗，彻夜长谈。而这一晚过后，何时能够相聚都是未知之数。

僧房临近西湖，静夜里有蛙声聒噪，而此时西湖荷花绽放，荷香在夜气中传来，带着非常好闻的草木气息。

林子方畅叙了一番他去福州后的施政理念，可能是杨万里看到林子方一本正经地向他讨教，每每立起身后恭敬有加的样子，想起了一段古人旧事，不由笑了出来。而这么一转，话题就转到了诗文之上。

杨万里想到的人是唐宪宗时的方干。方干是桐庐人，自小爱作诗，一次偶得佳句，欢喜雀跃，不慎跌破嘴唇，人呼“缺唇先生”。他为人朴实，每见人都要拜三拜，说人的礼数有三，当时的人就叫他“方三拜”。同乡章八元喜爱他的才华，招为上门女婿，遂居家桐江白云源（今桐庐县富春江镇芦茨村）。

杨万里打趣林子方："你这一次次的作揖，都要成为方三拜了。"

方干的师长徐凝很器重他，但世人却不都是如此。唐宝历中，方干参加科举考试不第，以诗拜谒杭州刺史姚合。见面时，因为方干容貌丑陋，姚合看不起他，而读过方干诗稿后，却为其才华所动，一连款待数日。到了咸通年间，越州刺史王龟慕名邀请，在他眼里，方干才华出众，为人耿直，于是竭力向朝廷推荐，但方干不被起用。后人赞叹他"身无一寸禄，名扬千万里"。

杨万里说："如果是在今日，这方干又会有何际遇？"

林子方倒是记得方干写过的一首和当下季节有关的诗《侯郎中新置西湖》，当下吟诵起来：

远近利民因智力，周回润物像心源。
菰蒲纵感生成惠，鳣鲔那知广大恩。
潋滟清辉吞半郭，萦纡别派入遥村。
砂泉绕石通山脉，岸木黏萍是浪痕。
已见澄来连镜底，兼知极处浸云根。
波涛不起时方泰，舟楫徐行日易昏。
烟雾未应藏岛屿，凫鹭亦解避旌幡。
虽云桃叶歌还醉，却被荷花笑不言。
孤鹤必应思凤沼，凡鱼岂合在龙门？
能将盛事添元化，一夕机谟万古存。

杨万里对这首诗并不喜欢，他说，如果是说写荷花，还是张孝祥张安国的那阕《卜算子》写得风生水起：

风生杜若洲，日暮垂杨浦。行到田田乱叶边，不见凌波女。　独自倚危栏，欲向荷花语。无奈荷花不应人，背立啼红雨。

见提到张孝祥，林子方怕勾起杨万里的感伤，遂接过话题，说："这荷叶田田，荷香逼人，写得生动的是一个女子，可惜天妒芳颜，早早夭折了，她的诗真是佳品。"

林子方说的是朱淑真的《游湖晚归》：

恋恋西湖景，山头带夕阳。
归禽翻竹露，落果响芹塘。
叶倚风中静，鱼游水底凉。
半亭明月色，荷气恼人香。

这一派小儿女的娇憨心态跃然呈现，少女情怀总是诗，朱淑真还有首《新荷》更是如此：

平波浮动洛妃船，翠色娇圆小更鲜。
荡漾湖光三十顷，未知叶底是谁莲。

杨万里喟叹良久："说到红颜薄命，莫过于李清照了。"他一声叹息，又说："易安居士在西湖如此美景边住了二十年，却没有对西湖留下片言只语，心如枯槁，大概如此。"

湖面平随苇岸长，碧天垂影入清光

左符千里走东方，喜有西湖六月凉。
塞上马归终反覆，泰山鸱饱正飞扬。
懒宜鱼鸟心常静，老觉诗书味更长。
行到平桥初见日，满川风露紫荷香。

说到荷香，曾巩的《西湖二首》就会浮现在脑海之

毕竟西湖六月中，风光不与四时同

中。王安石评价曾巩："曾子文章众无有，水之江汉星之斗"；欧阳修说："过吾门者百千人，独于得生为喜"；苏轼盛赞曾巩："醉翁门下士，杂沓难为贤。曾子独超轶，孤芳陋群妍"……

而杨万里以曾巩为政一方时的事迹勉励林子方，曾巩的《西湖二首》中的另一首也和此时景色相关：

湖面平随苇岸长，碧天垂影入清光。
一川风露荷花晓，六月蓬瀛燕坐凉。
沧海桴浮成旷荡，明河槎上更微茫。
何须辛苦求天外，自有仙乡在水乡。

说到夏日西湖之景，便又说到苏堤之右，夏日里观风中之荷而著名的"曲（繁体为麯）院荷风"（后世多称曲院风荷）。"曲院"原是指一家酿制官酒作坊，在今日的九里松东，洪春桥一带。当时，金沙涧水在此流入西湖，酒工取金沙涧水制曲酿酒，并在湖中种植荷花。

夏日，湖风阵阵，荷香伴着酒香，令人不饮亦醉。或许这也才有曾巩写的六月凉，而南宋时候西湖处处种植着荷花，这个时节，自是众荷明妍。

两人说到观荷的胜地，从断桥一路说到曲院荷风，又沿着苏堤说到花港观鱼附近，一直到两人所在的净慈寺周边，一时间心痒难抑。

杨万里说："本朝的竹坡居士、蝇馆主人周紫芝，尽管其为人有诟病之处，但其写西湖的诗却颇有意境，或许如他晚年所说：'以事适越，道由钱塘……然犹能一再至西湖，以览观湖山之胜。自是而西湖未尝一日不在胸中。'"

周紫芝的诗词无典故堆砌，自然顺畅，但因为当年写献诗谀颂秦桧父子，为时论清流所嘲，有道是：对于秦桧这样的邪恶势力，在他们得势的时候，你不一定去反抗，但至少可以保持沉默。而杨万里不以人废文，他说："周紫芝写西湖美景中的那些诗，天然去雕饰，俱是佳品。"

杨万里举的例子是《雨中湖上晚归书所见》中的第一首和第三首：

菰蒲风里棹歌迟，属玉双飞欲暮时。
荷叶吹香送归客，片云催雨湿燕姬。

风荷忆伴醉颜红，湖水重来照雪翁。
此世相看最长久，只应南北两高峰。

这样的诗自然清新，为杨万里所推许，他自己写过一首《晚立西湖惠照寺石桥上》有着周诗的点滴痕迹：

船于镜面入烟丛，寺在湖心更柳中。
暮色欲来吾欲去，其如南北两高峰。

林子方也是对周紫芝的诗有自己的理解，他说："今天我们说到荷花，他的《五月六日湖上晚归初见荷》二首也都清新可喜，尤其第二首说到了曲院荷风，真让人心向往之。"周紫芝《五月六日湖上晚归初见荷》第二首云：

毵毵烟柳谁家树，拍拍西湖尽日风。
和靖宅边山雨急，苏公堤下藕花红。

风骨不是每个人都有的，但同样，好的文字能让人忘记他肉体的卑劣，而是一种净化，就像是烟波西湖，能够洗涤人之幽暗。

杨万里和林子方今天的这番联席夜话，实际上是南宋士子经常有的话题，就像南宋末年汪元量写过《西湖旧梦》，大抵可以当作南宋一个时代符号去读：

南高峰对北高峰，十里荷花九里松。
烟雨楼台僧占了，西湖风月属吾侬。

对于这江山美景，天地间的大美风月，谁不曾有过一个振作的梦想。汪元量的《西湖旧梦》还要过上许多年才能写出，这就不在杨万里今天的话题里了。

由诗及人，杨万里说到了醉翁欧阳修，他说："欧阳公的一阕《采桑子》简简单单，却有风景中的喜悦。

残荷听雨

他的西湖不是我们身边的西湖，词中的西湖远在颍州，但天下西湖三十六，我们不妨移花接木过来。”

欧阳修的这阕词基本上就是直抒胸臆，但正是因为这种明白，让这阕词有着打动人心的感染力：

荷花开后西湖好，载酒来时。不用旌旗，前后红幢绿盖随。　画船撑入花深处，香泛金卮。烟雨微微，一片笙歌醉里归。

林子方也道：“很多人，因为其性格品质的高洁，让他的文字也变得有了金石之铿锵。”

林子方说了杭州本地人沈晦的旧事。沈晦，字元用，号胥山，宣和六年（1124）中状元，任校书郎，迁著作佐郎。金人攻汴京的时候，沈晦与肃王赵枢一起被扣为人质。建炎元年（1127）还朝后，历官集英殿修撰、处州知州、婺州知州、徽猷阁待制、两浙西路安抚使、徽猷阁直学士等，后病逝于潭州知州任上。

《宋史》中称沈晦胆气过人，但做事不能尽循法度，不得志的时候尤其如此，所以常常被人说。但瑕不掩瑜，他的能力很强。

沈晦写过一阕词《小重山》，有着周紫芝文字中所没有的旷达和洒脱：

湖上秋来莲荡空。年华都付与、木芙蓉。采菱舟子两相逢。双媚靥，一笑与谁浓。　斜日落溟蒙。鸳鸯飞起处，水无踪。望湖楼上两三峰。人不见，林外数声钟。

这阕词的意境让杨万里也赞叹不已，不过杨万里想了想，说："说到铿锵之音，我还是推崇稼轩词，词中之龙之称恰如其分。"

一阕《念奴娇·西湖和人韵》写出来，感觉让荷花都有了北望中原的战意：

晚风吹雨，战新荷、声乱明珠苍璧。谁把香奁收宝镜，云锦周遭红碧。飞鸟翻空，游鱼吹浪，惯趁笙歌席。坐中豪气，看君一饮千石。　遥想处士风流，鹤随人去，已作飞仙客。茅舍疏篱今在否，松竹已非畴昔。欲说当年，望湖楼下，水与云宽窄。醉中休问，断肠桃叶消息。

因为怕吵醒已经入眠的僧人，杨万里和林子方没有大声吟诵，而是小心翼翼地低吟浅唱。伴随着阵阵蛙鸣，两人略有些倦意，和衣而卧。

接天莲叶无穷碧，映日荷花别样红

晨光透过窗棂漏进僧房的时候，净慈寺做早课的钟声已经敲响。杨万里和林子方起来，到门口屋檐下的水缸里舀了些水，简单洗漱一番之后，也没有去和方丈打招呼，两个人推开寺门，悄然离开了净慈寺。

清风拂面，有着神清气爽之感，而天光未明，头顶的月亮尚未消退，启明星孤悬于东方。两人穿行在荷香弥漫的荷花荡中，露水在荷叶上凝聚成珠，风一吹，荷叶摇摆，这水珠微微滚动，犹如荷的眼睛。

这个时候，有蜻蜓醒来，翔集纷飞于荷花上下，为这晨曦中的湖增加了一种动感。走过这片荷花荡后，是一排浓阴密布的垂柳，而知了已经开始了鸣叫，但这个时候，应该是夏日的一天里最为舒服的时辰了。

两人把臂前行，沉浸于早晨蔚蓝色的湖风之中，杨万里突然顿住脚步，说："一首《晓出净慈送林子方》且送你。"

对着这空旷的湖面和杨柳依依，杨万里随口吟出一首清新可喜的小诗：

出得西湖月尚残，荷花荡里柳行间。
红香世界清凉国，行了南山却北山。

就这首小诗而言，基本就是写实，但是颇见杨万里的功底。寥寥二十八字，把时间、地方等交代得清清楚楚，而从南山到北山，这长长的送行路，似乎是两人情谊的见证，诗中还夹杂着自己的一些感慨。然而这仅仅是前奏，一首流传千古，也带来各种解读的诗作即将诞生。

此时，他们走过了今天的一公园，从这边看湖面最为开阔和浩渺，空气澄明，鹇鹇在荷花丛中嬉戏。已是日出时分，朝霞洒落在湖面上，微风吹过，荡起一圈圈的波纹，宛如金浪。

而荷叶的碧绿从岸边延伸向西湖深处，无穷无尽，仿佛就铺陈到了天际。荷花有的含苞欲放，有的恣肆飞扬，亭亭玉立，尽显别样风致。

夏日赏荷历来为杭州人一大趣事，杨万里送林子方，就收获了这难得的美景。

杨万里沉吟片刻，又口占一绝：

接天莲叶无穷碧

毕竟西湖六月中，风光不与四时同。
接天莲叶无穷碧，映日荷花别样红。

此诗才吟出，林子方便大为叹服，他说："廷秀兄，我要沾兄的光了，这首必将流传千古，如此开阔、深情，又有别样意蕴。"

杨万里捻须微笑，颇为自得。

单独来看，这是一首咏荷之诗，但如果把它和前面那首联系在一起读，其实还是对友人的依依惜别之情：西湖那么美，在一片碧绿之中荷花娇艳迷人，六月西湖迥异于四时风光的绮丽景色，在明白如画中又带给人惜别之情。

后人在解读这首诗时，有一种观点认为杨万里在委婉规劝林子方留在杭州，"天"和"日"都代指皇帝，只有在皇帝身边才能有更好的发展机会。这话不能挑明了说，于是就写了这首诗，林子方有没有读懂诗中暗含的玄机我们不知道，反正他还是去福州上任了。

这种解读其实很勉强：按照杨万里和林子方的交情，有什么话不能直接说呢？何况写这诗的时候林子方就要启程，说了难道还有用吗？

而杨万里自身是一个有理想和抱负的官员。乾道六年（1170），他任隆兴府奉新知县时，县里大旱，百姓生活十分困苦。杨万里于四月二十六日上任，见牢中关满交不起租税的百姓，官署府库却依然空虚，深知是群吏中间盘剥所致。于是他下令，全部放还牢里的"囚犯"，并禁止逮捕、鞭打百姓，然后发给每户一纸通知，放宽其税额、期限。结果百姓纷纷自动前来纳税，不出一月，欠税全部交清。杨万里在奉新任职虽只半年，却初次实践了他的不扰民政治，颇获治绩。

杨万里也是由此得到虞允文的赏识和举荐，这样的一个人，如果是整天去琢磨圣心，恐怕也是无稽之谈。

不过后人的解读，为这首诗增加了一些神秘的色彩，这本来也是诗的魅力所在。

赖有清沂舞雩态，湖穷却与月同行

这年秋天，林子方不在，杨万里和杭州城里另外志趣相投的朋友去了曲院荷风，他们一边喝酒，一边观赏这一年的残荷。

杨万里总觉得座中少了一人，就像当年张孝祥撒手尘寰时他所感受到的寂寞。这一年的荷叶已经凋敝，剩下的莲蓬也如鸡爪般枯瘦，杨万里忽忆起远在福州的林子方来，却不知道写点啥。

倒是他们的另一个友人员兴宗，在这天回去后写了两首《秋中再至西湖荷花半残凄然有后时之叹纵步投夜归城中》，让杨万里十分推崇：

未暇鸥前弄清泚，都缘帽底踏黄埃。
荷花净尽有底急，不待商量细细开。

禁当芳意忽蝉噪，张主客愁惟雁声。
赖有清沂舞雩态，湖穷却与月同行。

淳熙十五年（1188）四月四日，杨万里也离开了杭州，起因是在当年三月，宋孝宗采纳翰林学士洪迈之议，以吕颐浩等人配飨高宗庙庭。杨万里力争主战名相张浚当配飨，指斥专辄独断，“指鹿为马”，让孝宗下不了台面，因而以直秘阁出知筠州（今江西高安）。

当然没过多久，杨万里又回来了，但这一年的六月却再也无处寻觅，这一年的六月对于杨万里只有一次。倒是许多年后，杨万里等人效忠的南宋亡国后，一个叫作于石的人在心灰意冷中隐居不出，他写了一首《西湖荷花有感》，仿佛是对杨万里等人当年孜孜于中兴之梦的一个回应：

我昔扁舟泛湖去，回望荷花浩无数。
谁家画舫倚红妆，笑声迥入花深处。
笙歌凄咽水云寒，花色似嫌脂粉污。
夜深人静月明中，方识荷花有真趣。
水天倒浸碧琉璃，净质芳姿澹相顾。
亭亭翠盖拥群仙，轻风微颤凌波步。
酒晕潮红浅渥唇，肤如凝脂腰束素。
一捻香骨薄裁冰，半破芳心娇泣露。
湖光花气满衣襟，月落波寒浸香雾。
恍然人在蕊珠宫，便欲移家临水住。
回首落日低黄尘，十年不到湖山路。
花开花落几秋风，湖上青山自如故。

第六章　山色空蒙雨亦奇

月桂峰前快雨飞，林间避雨亦沾衣。
才晴便出西山路，却共断云相趁归。

一高冠老者面容清瘦，头戴华阳巾，身披羽衣，恍如神仙中人，在西湖孤山的一开阔处，被一群青年士子围坐着，正侃侃而谈。他举的例子是北宋诗人郑獬的《自天竺遇雨却回灵隐》，这首诗写的正是孤山周边灵隐寺的景致。秋日之光融融，这群人与湖上有说不出的默契。

蚕欲老，麦半黄，前山后山雨浪浪

老者说："郑獬这首诗写得好吗？当然不错，但历来有人认为这诗模仿了唐代张公《山行留客》，你们认为如何？"

有熟悉唐诗的学子把张旭的《山行留客》吟诵了一遍："山光物态弄春晖，莫为轻阴便拟归。纵使晴明无雨色，入云深处亦沾衣。"

"不难看出，郑诗从张诗中脱胎转化而来，但却各有千秋，一写景状物，一长于说理，如果不是去分析研究，两者间的相似很难视之机变，千姿百态，在这两首诗中可窥一斑。”顿了一顿，老者继续说，“好诗就像我们眼前的这西湖，晴空也好，风雨也罢，四时景象各有不同，就像苏子那著名的《饮湖上初晴后雨》。”

苏东坡两度在杭为官，和他所追慕的前辈白居易一样，深深沉浸于西湖之美中，为西湖写过大量的诗词。老者所说的《饮湖上初晴后雨》正是其中的名篇之一，尤其是第二首：

水光潋滟晴方好，山色空蒙雨亦奇。
欲把西湖比西子，淡妆浓抹总相宜。

在苏轼的眼中，西湖就是一个仪态万千的美女，一颦一笑，举手投足，都是那么沁人肺腑。这首诗后来成为西湖最好的形象代言。倒是《饮湖上初晴后雨》的第一首，如果用后世的眼光去看，便是不折不扣的广告：

朝曦迎客艳重冈，晚雨留人入醉乡。
此意自佳君不会，一杯当属水仙王。

老者又说：“同样写西湖之雨，也是各有妍态，如白乐天写的《孤山寺遇雨》，诗句像是从内心漫出来，自然去雕琢。而东坡居士的另外一首《雨中游天竺灵感观音院》却是俚语入诗，诙谐幽默。”

白居易的诗是这样的：

拂波云色重，洒叶雨声繁。
水鹭双飞起，风荷一向翻。
空蒙连北岸，萧飒入东轩。
或拟湖中宿，留船在寺门。

苏轼的诗是：

蚕欲老，麦半黄，前山后山雨浪浪。
农夫辍耒女废筐，白衣仙人在高堂。

在座诸生，聆听中细细品味，有所悟的那些暗暗点头。

此时是明洪武元年（1368），老者是当时的文坛领袖杨维桢（桢一作祯），字廉夫，号铁崖、铁笛道人、东维子等。杨维桢自幼颖悟，据说其母“梦月中金钱坠怀，而生维桢”，识字后能日记千言。元泰定四年（1327）进士，历任天台县尹、钱清盐场司令、建德总管府推官、江西儒学提举等职。此老铁骨铮铮，在天台县尹任上，因惩治作恶县吏，遭奸吏报复而免官。任职钱清盐场时，因请求减轻盐税，被斥为忤上，导致十年不调。

元末群雄逐鹿，杨维桢避乱居富春山，后迁居钱塘。到了张士诚占据浙西时，屡召不赴，杨以诗答复张：“江南处处烽烟起，海上年年御酒来。如此烽烟如此酒，老夫怀抱几时开？”预言张士诚“不有内变，必有外祸”。之后，他便隐居松江，遨游山水，以声色自娱。

杨维桢的诗在婉丽动人中，又往往雄迈自然，世称“铁崖体”。元至正八年（1348）始，昆山顾德辉发起“玉山雅集”，其精神领袖便是杨维桢。到元末，大小雅集五十余次，上百名士参与，集诗文三千三百余篇。至正十年（1350），桐乡濮院濮允中发起“聚桂文会”，杨维桢便是主评，会聚五百多名东南名士，杨维桢撰写了《聚桂文集序》。

隐居松江时，其与杨谦、陆居仁、吕良佐等名流贤达交往甚深。当时吕良佐倡设“应奎文会”，杨维桢亦为主评，与天下文人墨客切磋诗文，蔚为壮观。据说杨维桢出门时羽衣方巾，常坐于船上吹笛，酒酣之时，婆娑起舞。

天下初定，太祖朱元璋有意让他赴京修书，杨维桢不想去，就想回老家躲避，这番路过杭州，却被好友留住几天。周边才俊之士听到这个消息，找过来求教不绝，杨维桢也是忽起卖弄之心，这才有了孤山之侧的这场雅聚。

湖光山色当前，杨维桢忽然想起元至正元年（1341），他携妻儿到杭州，陶醉于这一池湖水，于是写下了《西湖竹枝歌九首》，用语浅白，风格明净，引起各地名士群起相和。后来杨维桢将这些和诗汇编为《西湖竹枝集》，收入他自己首唱的九首，还有其他一百十九人的诗。

在《西湖竹枝歌九首》的序中，杨维桢说：“余闲居西湖者七八年，与茅山外史张贞居、苕溪郯九成辈为唱和交，水光山色，浸沉胸次，洗一时尊俎粉黛之习，于是乎有《竹枝》之声。好事者流布南北，名人韵士属和者无虑百家，道扬讽喻，古人之教广矣。是风一变，贤妃贞妇，兴国显家，而《列女传》作矣，采风谣者其可忽诸？至正八年秋七月，会稽杨维桢书于玉山草堂。”

在结束这场雅聚时，一众士子聆听到了杨维桢的吟诵，正是《西湖竹枝歌九首》中的两首：

湖口楼船湖日阴，湖中断桥湖水深。
楼船无舵是郎意，断桥有柱是侬心。

小小渡船如缺瓜，船中少妇竹枝歌。
歌声唱入箜篌调，不遣狂夫横渡河。

今古消沉一杯水，两峰长照夕阳斜

第二天早上，天光微明，秋风间已有凉意，两位老者从吴山脚下，往涌金门外缓行而去，正是杨维桢和他的好友钱惟善。

这钱惟善也是当时的一代文宗，号心白道人、武夷山樵者，是杭州本地人。钱惟善在元惠宗至元元年（1335）参加江浙省试，省试的考题为《罗刹江赋》，当时三千考生均不知罗刹江出处，只有钱惟善引用枚乘的《七发》证明钱塘之曲江，即为罗刹江。[①]

一场考试下来，钱惟善名声远扬，自号曲江居士。若干年后，钱惟善卒，与先走了的杨维桢合葬于松江干山（天马山），后来另一诗友陆居仁也葬于此，人称三高士墓。

两人都是饱学之士，此时凉风袭面，为之神清气爽，相互间以诗逗趣。钱惟善指指四处的风景，引了宋人杨万里的诗《清晓湖上》：

山腰轻束一绡云，湖面初颦半蹙痕。
未说湖山佳处在，清晨小出涌金门。

这是第一首，杨维桢一笑，说：“《清晓湖上》的第二首更佳。”

菰月蘋风逗葛裳，出城趁得上番凉。
荷花笑沐燕支露，将谓无人见晓妆。

两人相对大笑，这说的便是此时此景啊，就像杨万里《清晓湖上》的第三首：

① 《四库全书总目提要》之《江月松风集》认为，枚乘《七发》的曲江是广陵之曲江，非钱塘之曲江，钱惟善沿袭的是旧说。

六月西湖锦绣乡，千层翠盖万红妆

六月西湖锦绣乡，千层翠盖万红妆。
都将月露清凉气，并作侵晨一喷香。

说的虽然是夏日西湖，但和此时也是似曾相识。两人相偕出了涌金门，早有约好的画舫守候在码头，等上了船，船至湖心，已不虞隔墙有耳，钱惟善问："新朝相召，铁崖兄当如何自处？"

杨维桢苦笑："岂有老妇将就木而再理嫁者耶！"

在民间的传说中，当时杨维桢还乡躲避时，有兵丁追至，在一道观碰到，兵丁不能确定是不是杨维桢，而杨维桢装模作样将"紫暘（阳的繁体字）宫"念作"柴汤官"，兵丁以为这个人不识字，不可能是文名誉满天下的杨铁崖，就让他离开了。

这个故事大抵是民间演义，人们总喜欢编织一些传奇性的故事来表达他们的爱憎之情。

钱惟善和杨维桢相熟，知道杨维桢不愿再度出仕。元灭南宋之后，对南方社会经济并没有造成大的破坏，像杭州虽然不再是都城，但人口超过百万，商业非常繁荣。13 世纪末基本由原来的浙西、浙东、江东、福建四路组成的江浙行省，辖境北起长江，南至福建，东临大海，西至鄱阳，是当时经济最发达的地区，从《马可·波罗游记》中记叙杭州是“世界上最美丽华贵之天城”，便可见一斑。

元朝定都大都（今北京），并浚通了京杭大运河，这使得杭州和北方地区的联系得到了空前的加强。史料记载，当时全国一万锭以上税额最高的场务有四处，除了一处在长江与运河汇流处的真州（今江苏仪征），另外三处都在杭州。当时到杭州来的人不计其数，仕宦、从商、游学，杭州可谓南方的经济文化中心。

而杨维桢也好，钱惟善也罢，尽管元统治期间，人分多等，但他们却很难有自己的感受，从文人的理念而言，不事两朝还是一种风骨。

两人相顾无言，现在是碍于杨维桢海内大儒的身份，但朱元璋如果要用强征辟，恐怕杨维桢也只有从了这一途。

杨维桢望着湖面上翩飞之鸥，从腰间解下铁笛吹奏起来，笛音如泣如诉，钱惟善闭目而听，声音流入耳中，仿佛天籁，眼不见这湖光，却恍然和这湖山灵犀相通。

一曲终了，杨维桢立于画舫之首，羽衣飘拂，犹如谪仙。“吾尝谓世间无神仙则已，有则自是吾辈中人耳”，钱惟善不由想起杨维桢在《梦洲海棠城记》中所说的。

此时杨维桢曼声高歌，正是他的《西湖》：

西湖风景开图画，墨客骚人入咏嗟。
扇底鱼龙吹日影，镜中莺燕老年华。
苏堤物换前朝柳，葛岭人耕故相家。
今古消沉一杯水，两峰长照夕阳斜。

旭日东升，清澈湖水上霞光闪耀，而杨维桢的内心却如夕阳残照。

诗为有声画，画为无声诗

偶向吴山高处望，凄凉犹自觉繁华。
百年香火祠神宇，二月笙歌卖酒家。
渺渺风帆来海岛，冥冥江树接烟沙。
倚阑贪看西湖上，古木荒城日又斜。

杨维桢吟的是钱惟善所写的《雨后登吴山过城隍庙眺望》，他欣赏老友此诗中的沉郁之气。钱惟善说："我却喜欢你的嬉春体《钱塘湖上作》。"他随口就吟诵起其中的一首：

杨子休官日日闲，桐江新棹酒船还。
叮咛旧客兼新客，漫浪南山与北山。
好怀急就一斗饮，佳人能作五弦弹。
君看此地经游辇，仿佛春风梦未残。

春秋两季气候相近，而气息大是不同。说到春日之诗，杨维桢说："郑元祐的那几首《春日湖上有感》或能代表我们的心声。"

郑元祐已辞世数年，在江南士人中影响很大，杨维桢吟诵了其中一首：

湖水西边旧是家，春风绕屋种梅花。
传闻故老谈前日，爱教仙人服幼霞。
鹤老离巢松化石，鸾孤照水竹穿沙。
只今重到经行处，憔悴萧郎两鬓华。

韶华流逝，临湖自照，或者就悲春伤秋。

两人谈谈说说，对西湖上的不同时序之诗一一点评，倒也其乐融融。如宋代诗人王安国的《西湖春日》：

争得才如杜牧之，试来湖上辄题诗。
春烟寺院敲茶鼓，夕照楼台卓酒旗。
浓吐杂芳熏巘崿，湿飞双翠破涟漪。
人间幸有蓑兼笠，且上渔舟作钓师。

这样的漫谈实际上是对诗歌见解的一次梳理，此时净慈寺的钟声传来，杨维桢说："个人的经历和际遇不同，

西湖夕照

写作的文字也会大有不同，像释英的西湖之诗便不一样。”

释英是元时的诗僧，乃是钱塘人，年轻时喜欢写诗，曾游历闽、浙、江、淮、燕、汴间。一日，他登径山，忽闻钟声，顿有所悟，于是去而为僧，结茅天目山中，世称白云上人。他的《夏晚泛湖》写得极为有趣：

杨柳阴中舣小船，芰荷香里耸吟肩。
雷声惊起云头雨，塔影倒摇波底天。
群鹭远明残照外，一僧闲立断桥边。
菱歌袅袅知何处，满袖清风骨欲仙。

同样是诗僧的齐己是唐末五代时人，幼年即出家为僧，一生喜欢云游，与皎然、贯休等齐名。他在《移居西湖作》（其一）中这样写：

火云阳焰欲烧空，小槛幽窗想旧峰。
白汗此时流枕簟，清风何处动杉松？
残更正好眠凉月，远寺俄闻报晓钟。
只待秋声涤心地，衲衣新洗健形容。

杨维桢对钱惟善说：“思复兄，我服膺于东坡居士的一种见解，他以为：‘诗为有声画，画为无声诗。盖诗者，心声；画者，心画。两者同体也。’[①]你看我们所点评的诸诗，无不印证着这一点，贵人也好，和尚也罢，不论蝇营狗苟，还是四大皆空，无不是在描摹心中画。”

钱惟善连道善，四顾这秋日湖山，正如画中之景，但画中景比得上眼前景吗？还是像宋人郑獬的另外一首诗《湖上》所描述的：

秋影落西湖，渌波净如眼。

① 此观点见于杨维桢《东维子集·无声诗意序》。

摇船入芰荷，船里清香满。
花深不见人，但听歌声远。
还从过船处，折倒青荷伞。
为采秋芳多，不觉飞霞晚。
回船未到堤，更引金莲盏。

诗是一种共鸣，而画其实也是，郑獬的诗胜于细节，林逋写秋日就不这样，寥寥数笔，犹如一张水墨画，其《秋日西湖闲泛》云：

水气并山影，苍茫已作秋。
林深喜见寺，岸静惜移舟。
疏苇先寒折，残虹带夕收。
吾庐在何处，归兴起渔讴。

秋日之画也各有不同，有人下笔重，有人落笔轻，但轻重急缓，却是几番滋味上心头，一如人之际遇。

像元代的尹廷高所写的《西湖秋日》：

深秋幽兴在平湖，伫立微吟独捻须。
黄鹤孤飞盘古木，翠禽危立颤枯蒲。
斜河淡月互明灭，远嶂寒烟半有无。
自是胸襟发清气，不愁佳景总难摹。

而同代的释善住却写得清隽雕琢，“句妙唐风在，心空汉月明”（宋无），他在《过西湖》中如此写：

霏微烟霭满遥岑，春入长堤柳色深。
今古画船供一醉，几多红粉得千金。
渔歌岂悦游人耳，暮雨偏伤倦客心。
幸有孤山梅竹在，杖藜徐步作幽寻。

摇船入茭荷，船里清香满

由诗说到人之运势，杨维桢忽道："在这湖上，当年东坡居士也曾和一人泛湖，并写诗三首。"

杨维桢说的是苏轼的《和蔡准郎中见邀游西湖三首》，这蔡准在历史上并不特别著名，但他的一个儿子是大名鼎鼎的蔡京，另外一个儿子是王安石的女婿蔡卞。苏轼和其游湖之时，不能想到以后之事，但或许冥冥中有所预感，他这样写：

夏潦涨湖深更幽，西风落木芙蓉秋。
飞雪暗天云拂地，新蒲出水柳映洲。
湖上四时看不足，惟有人生飘若浮。
解颜一笑岂易得，主人有酒君应留。
君不见钱塘游宦客，朝推囚，暮决狱，不因人唤何时休。

城市不识江湖幽，如与蟪蛄语春秋。
试令江湖处城市，却似麋鹿游汀洲。
高人无心无不可，得坎且止乘流浮。
公卿故旧留不得，遇所得意终年留。
君不见抛官彭泽令，琴无弦，巾有酒，醉欲眠时遣客休。

田间决水鸣幽幽，插秧未遍麦已秋。
相携烧笋苦竹寺，却下踏藕荷花洲。
船头斫鲜细缕缕，船尾炊玉香浮浮。
临风饱食得甘寝，肯使细故胸中留。
君不见壮士憔悴时，饥谋食，渴谋饮，功名有时无罢休。

杨维桢和钱惟善就在画舫中饮了些酒，在这秋日湖上犹如神仙一般消磨了一日，或临风吟诵，或铁笛呜咽，杨维桢自嘲是“老夫聊发少年狂”。

下看湖上客，歌吹正沉冥

数日后，杨维桢欲回老家隐居，在与众人辞别之时，有人索要他的墨宝，不知道出于何种心理，他写了宋人潘阆的《酒泉子·忆余杭》，掷笔后茫然若失：

长忆钱塘，不是人寰是天上。万家掩映翠微间，处处水潺潺。　　异花四季当窗放，出入分明在屏障。别来隋柳几经秋，何日得重游。

长忆西湖，湖上春来无限景。吴姬个个是神仙，竞泛木兰船。　　楼台簇簇疑蓬岛，野人只合其中老。别来已是二十年，东望眼将穿。

小荷伴夕阳

长忆吴山，山上森森吴相庙。庙前江水怒为涛，千古恨犹高。　　寒鸦日暮鸣还聚，时有阴云笼殿宇。别来有负谒灵祠，遥奠酒盈卮。

……

但杨维桢的隐居之梦并没有实现。树欲静而风不止，到了明洪武三年（1370），朱元璋再次令人敦促杨维桢赴京。无奈下，杨维桢抵南京，见朱元璋，留京一百一十天后，所修书叙例略定，上书朱元璋乞归家。因其名望太大，朱元璋不敢过于勉强，白衣宣至白衣还。

到家后，杨维桢急撰《归全堂记》，并作绝命诗一首："昨日追随阿母游，锦袍人在紫云楼。谱传玉笛俄相许，果出金桃不外求。"掷笔而亡。宋濂为之作《元故奉训大夫江西等处儒学提举杨君墓志铭》称："元之中世，有文章巨公起于浙河之间，曰铁崖君，声光殷殷，摩戛霄汉，吴越诸生多归之，殆犹山之宗岱，河之走海，如是者四十余年乃终。"

送行之际，钱惟善忽想起那日下船时杨维桢有所感慨，画也好，诗也罢，这都是自然的产物啊，但终究会如尘埃般飘散。有早晨，就有黄昏，而夜色就要笼罩我们，每一个人终究会有个归处，就像赵孟頫的那首《湖上暮归》：

春阴柳絮不能飞，雨足蒲芽绿更肥。
正恐前呵惊白鹭，独骑款段绕湖归。

而钱惟善自己，那一日下船后，望着巍峨于暮色中的保俶塔，在客栈写下了同名诗作：

金刹天开画，铁檐风语铃。
野云秋共白，江树晚逾青。
凿屋岩藏雨，黏崖石坠星。
下看湖上客，歌吹正沉冥。

第七章　故人知我否？

说书人说到白素贞被镇压到雷峰塔下，便戛然而止，而白蛇有孕，此后的故事又会如何，说书人要放在明天讲了。

听书的那些人无论是不是听过这个故事，都有些恋恋不舍，有着想听下去的欲望，这也是因为说书先生的口技了得，在抑扬顿挫的声调中让人油然沉浸于白蛇和许仙的故事里。

怪我生长居江东，不识江东莼菜美

李流芳和座中的程嘉燧、唐时升、娄坚打了个招呼，唤来茶博士，付了账后，一行人走出茶馆，沿河逶迤而行。明月高悬，冬日的月色浮动在嘉定河港上，犹如一种恍惚之物，或又是一道虚掩之门。

李流芳说："自从冯梦龙在《警世通言》中写了《白娘子永镇雷峰塔》后，这故事越发传播开来了，人妖之恋，凄婉悱恻。"

李流芳、程嘉燧、唐时升、娄坚这四人，在当时因其诗文被称为“嘉定四先生”。李流芳少年时曾经想过蟾宫折桂，明万历三十四年（1606），他三十二岁时中举，但之后两度赴京参加殿试皆不第，而当时朝廷为太监魏忠贤及其党羽把持，气馁之余便绝意仕途，到嘉定建造了檀园，诗画自娱，悠游岁月。李流芳为人耿直，诗风清新自然，文品为士林翘楚，当时众人拜魏忠贤生祠，李流芳说：“拜，一时事；不拜，千古事。”

更加让人服膺的是，李流芳不仅诗文好，更与松江画派班头董其昌，以及杨文骢、王时敏、王鉴、程嘉燧、张学曾、卞文瑜、邵弥等合称“画中九友”；在篆刻界，他与归昌世、王志坚合称“三才子”，人称诗书画三绝。

月明之夜，意驰神荡，李流芳突然又想去西湖了，尤其在茶楼喝了甜羹后。当时酒到酣处，程嘉燧站起身来，说，这哪有西湖莼菜羹的美味！他用筷子敲打着碗杯为乐伴奏，吟诵起了李流芳作于上一年春夏之际的《莼羹歌》：

怪我生长居江东，不识江东莼菜美。
今年四月来西湖，西湖莼生满湖水。
朝朝暮暮来采莼，西湖城中无一人。
西湖莼菜萧山卖，千担万担湘湖滨。
吾友数人偏好事，时呼轻舠致此味。
柔花嫩叶出水新，小摘轻淹杂生气。
微施姜桂犹清真，未下盐豉已高贵。
吾家平头解烹煮，间出新意殊可喜。
一朝能作千里羹，顿使吾徒摇食指。
琉璃碗成碧玉光，五味纷错生馨香。
出盘四座已叹息，举箸不敢争先尝。
浅斟细酌意未足，指点杯盘恋余馥。
但知脆滑利齿牙，不觉清虚累口腹。

朝朝暮暮来采莼，西湖城中无一人

血肉腥臊草木苦，此味超然离品目。
京师黄芽软似酥，家园燕笋白于玉。
差堪与汝为执友，菁根杞苗皆臣仆。
君不见区区芋魁亦遭遇，西湖莼生人不顾！
季鹰之后有吾徒，此物千年免沉锢。
君为我饮我作歌，得此十斗不足多。
世人耳食不贵近，更须远挹湖湘波！

说起来，李流芳的诗歌风格受到程嘉燧的影响较多，有陶渊明和白居易的影子。对于他来说，诗是真实性情的流露，性情是诗之眼，要作诗，就要培养自己的性情，而诗所用的表达形式，则取决于作诗之人当时的性情所在。

这首《莼羹歌》尤其如此，在诗中描述了采食西湖莼菜的场面和习俗，以及莼羹色香味形的美妙。那是上一年四月，李流芳和程嘉燧等人到西湖游玩，路过断桥进入白堤后，在风景宜人的里湖，他们第一次见到莼菜，漂荡在湖水之上，嫩绿清新，宛如豆蔻少女，而杭州人倾城出动，下湖采摘，从早到晚，收集起来又运往萧山。

一问，说是这西湖莼菜，要到湘湖水中浸泡、清洗后，会变得味美无比，媲美于黄芽菜、燕笋等著名美食。李流芳之前知道莼菜，但没有品尝过，更是第一次见到如此热闹、浩大的场面。他们买下许多莼菜，回客舍后请人烹调，当莼菜羹端上桌时，惊叹于色泽之余，其滑腻润泽的口感更是让人惊艳。

那一晚，李流芳在酒后即兴赋诗，长长的《莼羹歌》一气呵成。

此刻的西湖之月，在断桥之上，或映在断桥和它倒影的碧波之间，天上月和湖中月形成一个有趣的对称。李流芳当下和三人约定，正月里再去一趟西湖，当作初春时的踏青，那时，他的好友钱谦益也在杭州。如果春雪飘落，或可目睹断桥残雪的胜迹。

这日入睡前，李流芳突然被一个问题所折磨：断桥在白堤的东端，背靠宝石山，面向杭州城，是外湖和北里湖的分水点，但它为什么叫作断桥？它为何而断？

断桥荒藓涩，空院落花深

之前他们也讨论过类似的话题，李流芳和程嘉燧、唐时升、娄坚四人都各有见解，但有个共同之处是，断桥出典当是在唐代张祜之诗，他在《题杭州孤山寺》中这样写：

楼台耸碧岑，一径入湖心。
不雨山长润，无云水自阴。

断桥荒藓涩，空院落花深。
犹忆西窗月，钟声在北林。

李流芳和程嘉燧等人有过争辩，程嘉燧取的是田汝成在《西湖游览志》中的说法：断桥是由于孤山延伸来的白堤，到此逢桥而断才得名的。

李流芳说："这是附会罢了，还不如说是我们一路从平湖秋月走来，白堤至此而断，不过却少了诸多意境。也有人说宋代称保佑桥，当冬日雪霁，古石桥上桥阳面冰雪消融，桥阴面依然玉砌银铺，从葛岭远眺，桥与堤似断非断，而画家取残山剩水之意，拟出了桥名和景名，得名断桥残雪。"

娄坚却道："雪霁后，如果伫立断桥四望，残雪和冻湖黑白分隔，大概是这样才称之为'断桥残雪'。"

那次讨论时，才华逼人的小年轻张岱适逢其会，他突发奇想，说："白堤上一树桃花一树柳，树叶茂盛，走在它的下面时，看到树叶间隙中漏下的月光，犹如残雪。"众人也是莞尔，细想想，这月影之说浪漫是浪漫，却有点想当然。张岱自己觉得这也是一说，在很多年后把它写进了《西湖梦寻》一书中："树皆合抱，行其下者，枝叶扶苏，漏下月光，碎如残雪。"

想到那次争辩，李流芳想起站在桥头放眼四望时的景象，远山近水尽收眼底，而许仙和白娘子的断桥相会，更是为这桥增添了一些传奇。

李流芳正在画有关断桥的画，对于断桥来历的揣测，让李流芳充满了想象。他读过不少诗文，但对断桥之名却是众说纷纭，没个定论，就像许仙和白蛇的故事，尽管民间版本众多，但在文人诗词中却难觅踪迹。

回家后，李流芳余兴未遣，于是挥毫写了两首与断桥相关的诗。一是宋末元初白珽的《湖居杂兴》。白珽晚年归隐西湖栖霞岭下，因有泉自天竺山汇流于其门前，故题居室名为“湛渊”。其工诗赋，曾与当时名士结社，称“月泉吟社”。李流芳最佩服白珽的是其写有《西湖赋》近万言，历述西湖名胜古迹，考据甚详，堪称“西湖小志”。另外一首是宋末元初尹廷高的《断桥残雪》。

两诗各有情趣，李流芳书毕，挂在窗前细细欣赏，他欣赏的当然不是自己的书法，而是两首诗中的意境。

白珽的《湖居杂兴》这样写：

龙舟晓发断桥西，别有轻舟两两随。
春色可人晴较稳，酒家争出柳梢旗。

尹廷高的《断桥残雪》写的是：

数板琼瑶踏未干，沉吟不度据征鞍。
孤山霁色无寻处，笑指梅花隔岁寒。

这个时候，如果有良友相伴，共同谈风论月，对饮一杯，当是人生中的畅快事。

人生易老春光暮，能为看山几度来

“很久很久以前，白堤从孤山蜿蜒到这里，只有一座狭窄的小木桥和湖岸相连，游人要去孤山游玩，都要经过这木桥，但日晒雨淋，桥板常常会烂断，让人十分不便。”

讲述的人，从衣着上看起来是个没有功名的老者，神色中带有淡漠和疲倦，却有着兴致和座中人攀谈，也许是出于寂寞。

这是在断桥边靠近宝石山下的一个小酒肆，李流芳和他的画友杨谶西半日游湖后，在此歇息。按捺不住对西湖的思念，李流芳比预定时间提前数日来到了杭州，而相约的钱谦益、程嘉燧、唐时升、娄坚等人尚未抵达。

不料这提早数日，却有意外的收获。

“因为木桥畔有一间简陋的茅舍，住着一对段姓夫妇，男的捕鱼，女的在门口卖家酿土酒，往来的人们叫惯了，就把这木桥叫作段桥。”

老者浅浅啜了口酒，继续道：

“段家的酒不太好喝，所以生意寥寥。夫妇俩日子过得清淡，却时常帮助身边人。有一个冬日的黄昏，这天比今天还要冷，来了一个白发老者，衣衫褴褛，身无分文，却要求住上一晚，段家夫妇觉得他可怜，把一条刚刚捕来准备明天去集市卖掉的鲤鱼烹了，打了自家的土酒款待老人。

“第二天早晨，老人告别时，说，我这里有酒药三颗，可帮助你们酿得好酒。段家夫妇半信半疑，反正自家的酒也不好，于是将老人的三颗酒药放在酿酒缸里。此后酿出来的酒，甜醇无比，酒香袭人。段家酒自此名扬杭州，段家渐渐发达，夫妇俩拆了茅舍，盖起了酒楼。

“两人常常感念老者的恩惠，给老人备下了一些钱，准备看到老人时给他。但老人一直没有出现，直到三年

独有断桥荒藓路，尚余残雪酿春寒

后的一天，西湖大雪，老人来到了酒楼，夫妇两人喜出望外，想留老人长居。”

李流芳听了暗暗点头，段家夫妇仁义，或才有这样的福报。

“老人却执意要走，踏雪向小桥走去，刚跨上小木桥，脚下一滑，原来是桥板腐烂后断了，老人跌进了湖里。段家夫妇赶忙上前救助，老人大病一场后还是执意要走，而段家夫妇在老人走后，想起老人落湖所遭的罪，就在原来的小木桥处造了一座青石拱桥，还在桥头建了一座亭子供人休息。

“断、段同音，这桥后来就被称为断桥了。”

这桥原来是仁义之桥、良善之桥，李流芳和杨谶西听完这段掌故后出了酒肆，两人上了断桥，漫步向孤山行去。李流芳谓杨谶西说："南宋王洧有几句诗写断桥，本朝的杨周也写过类似诗句，如果能够在画笔下把它们表达出来，那就是佳作了。"

王洧的《段（断）桥残雪》是这样写的：

望湖亭外半青山，跨水修梁影亦寒。
待伴痕旁分草色，鹤惊碎玉啄阑干。

杨周的同名诗是这样写的：

澄湖晓日下晴湍，梅际冰花半已阑。
独有断桥荒藓路，尚余残雪酿春寒。

李流芳又说："画会之真山真水总不似，画会之古人总不似，画会之诗总不似。萃造化、古人、诗境于一局，以不似求真似。"

这"三不似"理论日后流传下来，成为李流芳画艺的一个集中体现，而这真是他从自然造化中观察而来，感悟而得。

两人一路走去，初春之湖，如果仔细看岸中垂柳，已有芽苞微绽，而桃花在料峭春风中，有按捺不住的已经提前开放，像是西湖的眼睛。李流芳说："人看风景，实际上是出于自己的心境和际遇。"

他回首望望断桥，不胜感慨。

人在不同的情绪下写出的诗会完全不同，李流芳此时不知道的是，他的好友钱谦益，后来和秦淮名妓柳如是成就了一段传奇，而柳如是因为有了钱谦益，原本触景伤情的《雨中游断桥》都能写得明艳非常：“野桥丹阁总通烟，春气虚无花影前。北浦问谁芳草后，西泠应有恨情边。看桃子夜论鹦鹉，折柳孤亭忆杜鹃。神女生涯倘是梦，何妨风雨照婵娟。”

这更能佐证李流芳此时的论点，可惜柳如是写断桥的时候，他已驾鹤西去。

杨谶西点头说：“在写断桥的诸多诗里，我却喜欢本朝余姚人陈贽的。”

陈贽的《断桥》写得婀娜多姿，又有繁华落尽、曲终人散的寂寥：

拂桥袅娜绿杨风，曲曲雕阑映水红。
游客过时徐鞚马，微波映处俨垂虹。
清新张祜诗还在，寂寞林逋宅已空。
景物不殊人事改，落花啼鸟古今同。

这一日，两人在西湖边一直徜徉到夕阳残照，重返断桥回程时，李流芳以史鉴的《断桥分手次刘邦彦韵》相赠杨谶西，并约好后日再聚。

日暮桥边酒棹回，更因残唱送余杯。
人生易老春光暮，能为看山几度来？

近水人家半掩扉，两山楼阁尚斜晖。
断桥无数垂杨柳，总被游人折渐稀。

十里西湖意，都来在断桥

疾风吹浪满重湖，云掩西山一半无。
黄帽牵船依岸过，苍头按鹘绕林呼。
莺花世界如春梦，烟雨楼台似画图。
童稚兹游今白发，断桥斜日重踟蹰。

第二天一早，李流芳独自来到湖边，用张翥的这首《二月望日湖上值风》诗开始了他一天的西湖漫游，正如董其昌所赞："长蘅以山水擅长，余所服膺乃其写生，又有别趣。"这种对山水的观察，或许是成就李流芳艺术的关键。

等到钱谦益、程嘉燧、唐时升、娄坚等人齐聚杭州时，杨谶西在家做东宴请诸人，李流芳的一幅《断桥春望图》引起了众人的赞叹，而杨谶西也是扬扬得意，好像得了莫大的便宜。在《断桥春望图》上，还有题记和诗：

十里西湖意，都来在断桥

往时至湖上，从断桥一望，便魂消欲绝，还谓所知：湖之潋滟熹微，大约如晨光之着树，明月之入庐。盖山水相映发，他处即有，澄波巨浸不及也。壬子正月以访旧重至湖上，辄独往断桥，徘徊终日。翌日为杨谶西题扇曰："十里西湖意，都来在断桥。寒生梅萼小，春入柳丝娇。乍见应疑梦，重来不待招。故人知我否？吟望正萧条。"又明日，作此图。小春四日，同子阳、子与夜话偶题。

许多年后，后起之秀黄宗羲偶尔看到此画时拍案叫绝，说："长蘅无他大文，其题画册，潇洒数言，便使读之者如身出其间，真是文中有画也。"

崇祯二年（1629）闰四月三日，五十五岁的李流芳卒于檀园，好友钱谦益作《李长蘅墓志铭》，程嘉燧书丹，宋珏篆盖，侯峒曾作《祭李长蘅先生文》。

到了清代，另一个嘉定诗人林大中写诗说："忆当晚明时，宦途亦多术。高士多鄙之，坚卧独不出。诗笔能清真，画品亦超轶。不拜千古事，名言殊简质。孝廉忧国家，呕血遂以卒。"

其实，李流芳或许更愿意站立在断桥之侧，高声吟诵："吾友数人偏好事，时呼轻舠致此味。柔花嫩叶出水新，小摘轻淹杂生气……"

第八章　更待月黑看湖光

新月生魄迹未安，才破五六渐盘桓。
今夜吐艳如半璧，游人得向三更看。

三更向阑月渐垂，欲落未落景特奇。
明朝人事谁料得，看到苍龙西没时。

苍龙已没牛斗横，东方芒角升长庚。
渔人收筒及未晓，船过惟有菰蒲声。

菰蒲无边水茫茫，荷花夜开风露香。
渐见灯明出远寺，更待月黑看湖光。

湖光非鬼亦非仙，风恬浪静光满川。
须臾两两入寺去，就视不见空茫然。

——苏轼《夜泛西湖五绝》

二更水鸟不知宿，还向望湖亭上飞

西湖初秋的夜晚，夏日暑气未消，但风中已有些微凉，残荷满塘，余香绕鼻。而天上弦月清朗，繁星如织，恍如仙界。在一叶渔舟之上，除了划船的艄公，坐着三人，两僧一俗，方才的诗便是那文士打扮的人所吟诵。

在声音静寂下来的瞬间，这湖水有着细微的声响，如果仔细听，这些声音还有细微的区别，大概是水中的鱼虾呼吸的声音。舟中其中的一僧双手合十，低诵佛经，而文士说："现在的西湖，败落至此，大抵在这浩大的夜色笼罩中还能找到昔日的痕迹，找到东坡居士当年所看见的。"

这文士就是海内名流张岱，又名维城，字宗子，又字石公，号陶庵、天孙，晚号六休居士。此时是清顺治十四年（1657）。早在明亡不久，他曾从杭州避居到剡溪（在今浙江嵊州市）山中，像一头狮子回到了自己的巢穴，或像是一只蝴蝶退回到了自己的茧里。

这是一种末世的悲凉，张岱在他的《自为墓志铭》中这样回顾自己一生的开始："少为纨绔子弟，极爱繁华，好精舍，好美婢，好娈童，好鲜衣，好美食，好骏马，好华灯，好烟火，好梨园，好鼓吹，好古董，好花鸟……回首二十年前，真如隔世。"

他的隔世之感在这次回到杭州的时候更加强烈，改朝换代带来了满目疮痍，原来在涌金门一带热闹的商家不复看见，而熟悉的祁家、钱家、余家的庄园，只剩下了一堆瓦砾。他带着熟悉的记忆而来，在记忆中找寻昔日的家园，但时间悄悄关闭了记忆的通道，张岱魂牵梦萦的那些西湖上的事物，在现实中像是被风吹成了空中楼阁。

从断桥沿白堤走向孤山，张岱真的犹如走入了一个枯索的噩梦，之前妖娆多姿的柳树、桃树，奇形异态，也许是蚌病成珠，非常具有观赏价值，都已经在兵乱中被砍伐一空。而原来西湖周边视野中处处可见的亭台楼阁，像是这西湖发了一场洪水，洪水之后，一切都消亡不见。

和顺治十一年（1654）那次回杭一样，张岱这次到杭州的时候，并不太想见昔日的朋友，两朝为人，苦海余生，每个人都有改变。但有一个人，他是一定要见的，那就是当年的蝶公子江浩——浊世中的翩翩佳公子，在气馁和失望中避世不出，削发明志，在山中筑了个小小的蝶庵。这个蝶庵或许是纪念蝶庵居士张岱的，而江浩在古佛青灯的岑寂中消遣着余生。张岱到蝶庵时，两人相对无言，一时间居然不知道说什么好。

昔日繁华如梦，犹如蝶之短促的生命。江浩江道闇，当年的他意兴飞扬，颇具江南名士的风度与襟怀，生性好饮，喜读兵书，经常挟酒兴发表一些奇伟倜傥、见解独到的言论与心得。

此时江浩削发为僧，改法名济月，天天诵读佛经，绝口不谈山外世事。庄周梦蝶，人生如寄。蝶庵正是脱壳于此，正如李商隐在《锦瑟》中说“庄生晓梦迷蝴蝶”，世事如梦，青春空逝，惆怅难免，迷茫难免。

而张岱对这种时光流逝的感慨，与济月和尚有灵犀之处，带着伤感和无言的愁绪。

这种感觉，在第二日游灵隐寺时略有些好转。旧时的大殿已经在崇祯十三年（1640）时毁塌，但已经在新任的方丈具德和尚的周旋下开始重建。具德和尚俗家时是张岱的族弟，同样是在乱世中剃度为僧。

在飞来峰畔的冷泉亭上，三人聚在一起品茗论道，张岱望着至交好友都身着宽大的僧袍，颇有不真实之感，当年的风花雪月、山水园林、亭台楼榭、花鸟鱼虫、文房四宝、书画丝竹、饮食茶道，当年的放浪形骸、纵情声色、穷奢极欲、焚膏继晷，转瞬都已是明日黄花。而济月和尚甚至都不想来，是张岱把他拖来的。

那一日暮色将起之时，不知道是谁提议入夜后泛舟湖上，而这提议正好合了另外两个人的心意，这便有了这一晚的夜泛西湖。

舟缓缓而行，木桨起落之间，水声哗哗，时不时地会惊起湖面上歇息的夜鸟。济月和尚忽说："此时此景，倒勾起了我的尘心，想起时乖命蹇的瘦居士董斯张的一首诗，颇有意味。"

董斯张体弱多病，耽溺书海，手抄书达百部。济月和尚说的是董斯张的那首《夜泛西湖》，有一点点禅意，更多的是一种惆怅之意：

放棹西湖月满衣，千山晕碧秋烟微。
二更水鸟不知宿，还向望湖亭上飞。

人生行乐耳，何必千秋万岁名

渔舟之上，已吩咐船家备了酒水、茶和干果，具德和尚看着形容憔悴的张岱，对舟中的小食吃得津津有味，不由一叹。他这位俗家的族兄，从小生活优裕的张岱，在过去，过的是贵公子的光鲜生活。就说吃吧，对于美食那是何等的热爱，不管多远的地方，只要是自己想吃的，就会千里迢迢赶去，而一旦吃不到，他便会觉得那是人生莫大的遗憾。

张岱曾经和友人说过：去北京的人一定要吃苹婆果、

马牙松；去山东的人一定要吃羊肚菜、秋白梨、文官果、甜子；到福建的一定要吃福橘、福橘饼、牛皮糖、红腐乳……到杭州的话，则一定要吃西瓜、鸡豆子、花下藕、韭芽、玄笋、塘栖蜜橘，如果是在萧山，一定要吃杨梅、莼菜、鸠鸟、青鲫、方柿。

孔夫子说的，食不厌精，脍不厌细，年轻时的张岱就是一个实践者。

很多东西现在也许还能吃到，但滋味却与往昔殊异。说起吃，尽管具德和尚和济月和尚已入空门，依然会有舌底生津之意。张岱的谈性被引发出来，这吃的江湖又怎么少得了他有趣的灵魂？但说着说着，声音不由低沉下来，话题一转，说："我最为痛心的，还是家中的藏书，三代人的积累，就我自己，从垂髫小童开始爱书购书，都不下三万册。"

这大概是读书人最为痛惜之事了，顺治三年（1646）时，张岱避兵入山，因无法负担重物，仅携带数簏书籍而行。而所存者为清兵所据，这些书每天被撕开用来生火，书页被做成甲盾，以挡箭弹。四十年所收集积累的，在一场兵祸后荡然无遗。

三人相顾喟叹，张岱举杯邀月，突然间声音变得开阔起来。也许是仰脖喝下的酒燃烧了他，他说："两位可读过文行先生的《寄友》一诗？和我们的今天倒也相似。"

邓牧，字牧心，自称三教外人，号九锁山人，世称文行先生，钱塘（今杭州）人。他十余岁时，读《庄子》《列子》，悟文法，下笔多仿古作。长大成人后，又淡泊名利，遍游名山。宋亡后，便隐居于余杭大涤山洞霄宫。

元大德九年（1305），朝廷请他出山，他断然拒绝，终身不仕不娶。其与南宋遗民谢翱、周密等友善，来往甚密。

因为都是至交，张岱说话也少了避讳，以“遗民”自况。

我在越，君在吴，驰书邀我游西湖。
我还吴，君适越，遥隔三江共明月。
明月可望，佳人参差。
笑言何时，写我相思。
知君去扫严陵墓，只把清樽酹黄土。
浮云茫茫江水深，感慨空劳吊今古。
孤山山下约陈实，联骑须来踏春色。
西湖千树花正繁，莫待东风吹雪积。
有酒如渑，有肉如陵。
鼓赵瑟，弹秦筝，与君沉醉不用醒。
人生行乐耳，何必千秋万岁名。

“人生行乐耳，何必千秋万岁名”，邓牧的这首《寄友》被张岱吟唱得慷慨激越，具德和尚和济月和尚虽然佛心澄澈，但还是沉浸于这月下吟唱的氛围里。

济月和尚说：“往事不可追，世事纷繁，我们也只能寄生于这针锥之地，恍如白驹过隙，不如且行且乐。”

他吟诵的是苏东坡的《观开西湖次吴左丞韵》[①]一诗：

伟人谋议不求多，事定纷纷自唯阿。
尽放龟鱼还绿浦，肯容萧苇障前坡。
一朝美事谁能纪，百尺苍崖尚可磨。
天上列星当亦喜，月明时下浴晴波。

月已移在头顶，月光融融，眼前所见的一切似真似幻，

① 据王文诰辑注《苏轼诗集》卷五十载，《参寥子集》收有此诗，题为《次韵吴丞老推官观开西湖》；《咸淳临安志》亦以为道潜所作。

仿佛此刻，这西湖依稀还是原来的西湖，还是张岱自己在诗中写过的西湖：

追想西湖始，何缘得此名。
恍逢西子面，大服古人评。
冶艳山川合，风姿烟雨生。
奈何呼不已，一往有深情。

一望烟光里，苍茫不可寻。
吾乡争道上，此地说湖心。
泼墨米颠画，移情伯子琴。
南华秋水意，千古有人钦。

到岸人心去，月来不看湖。
渔灯隔水见，堤树带烟模。
真意言词尽，淡妆脂粉无。
问谁能领略，此际有髯苏。

这时也是舟到湖心，与明月遥遥相望，月影入湖，波光荡漾。而此时，万籁俱寂，两僧一俗，索性抛却了那些尘埃之事，在这月夜的湖中述说西湖夜色中的风雅。

我家本住湖水边，笔床茶灶依渔船

有人便说到了白居易，这个当日开拓西湖的功臣，有多少个夜晚，他是“半醉闲行湖岸东”，张岱他们便说起白居易的晚归：

尽日湖亭卧，心闲事亦稀。
起因残醉醒，坐待晚凉归。
松雨飘藤帽，江风透葛衣。

柳堤行不厌，沙软絮霏霏。

——《湖亭晚归》

也说起他湖上夜饮时的快乐和潇洒：

郭外迎人月，湖边醒酒风。
谁留使君饮，红烛在舟中。

张岱喃喃自语：“如果白乐天看到今天的西湖，会不会伤心欲绝？当时的明月还在，这问题却是没有答案的。”

一只夜鹭从他们的头顶飞过，瞬间仿佛遮住了些月色。具德和尚看到夜鹭投向孤山方向，便说：“当年林和靖多少次出没在这湖光烟气中啊，这湖山的每一个细节，应该都在他的字字句句里了。”

林逋有一首《秋日湖西晚归舟中书事》和这晚上情景有些相似：

水痕秋落蟹螯肥，闲过黄公酒舍归。
鱼觉船行沉草岸，犬闻人语出柴扉。
苍山半带寒云重，丹叶疏分夕照微。
却忆青溪谢太傅，当时未解惜蓑衣。

因为具德和尚和济月和尚不饮酒，张岱自斟自饮，很快就有了薄薄的醉意，望着湖水荡漾，想到也是元初学道，如同济月和尚般避世的马臻的一首小诗。

马臻，字志道，号虚中，宋亡后，醉心于道，筑别业于西湖上，杂植松竹，徜徉山水间以乐其志，在一个黄昏看着湖畔的那树古梅，忽有所思。他当时写下的那

春风散花柳，元气荡空碧

首《西湖晚思》又何尝不是舟中诸人之思：

日落湖水黑，众山生远尘。
船回载酒客，楼倚独吟人。
老态多思旧，时情只贵新。
篱边古梅树，开谢几年春。

济月和尚忽道：“马臻的《为杨简斋题空蒙图》也是极好，人生忽如寄，唯有明月一轮亘古寂寞，寂寞如初。”

他站在船舷之侧，夜风吹起他宽大的僧袍，衣袂飘拂，曼声吟诵：

西湖天下奇，回薄太古色。
春风散花柳，元气荡空碧。
淡然存天真，岂为歌舞惑。
我家本住湖水边，笔床茶灶依渔船。
振衣一别五千里，为君展卷心茫然。

欲问吾庐在何处？但见老木浮寒烟。
吾庐不可寻，山川不可越。
人生行止会有时，长啸阶前望明月。

余音袅袅，旋即在湖面上安静，张岱听罢，说：“和马臻同时代，在杭州还有个弃家为道士的张雨，字伯雨，号句曲外史，生性狷介，对流俗之人大为藐视，当时的杨维桢说他的诗作‘俊逸清赡，侪辈鲜及，不目之为仙才不可也’。他有一首《西湖放灯》，所记录的正是西湖当年的繁华，今天读来恰如一梦。”

共泛兰舟灯火闹，不知风露湿青冥。
如今池底休铺锦，此夕槎头直挂星。
烂若金莲分夜炬，空于云母隔秋屏。
却怜牛渚清狂甚，苦欲燃犀走百灵。

这种场景，舟中三人都不陌生，但时移世易，往年的记忆，在现在想起来却成为感慨的来源。

月夜清冷，虽然三人相谈甚欢，但终究要去岸上，前尘往事不堪回首。舟靠岸，张岱落在最后，两僧在他之前跃下，张岱恍惚间想起隐居不仕的刘英诗作《暮春陪陈太常西湖宴集》，内心黯然：

六桥柳色翠迷津，画舫移迟送酒频。
醉眼不知三月暮，赏心又度一年春。
莺谐急管催歌板，燕蹴轻花堕舞裀。
年少莫将行乐误，座中半是白头人。

今日打从湖上过，画工还欠费工夫

午夜梦回，月色清冷，想到西湖现在凋敝如此，张岱内心抑郁不可遏制，忽想到正德年间（1506—1521）一位日本使臣游览西湖后所写的诗：

昔年曾见此湖图，不信人间有此湖。
今日打从湖上过，画工还欠着工夫。

这诗说的是，那位现在已经不知道名字的日本使臣，少年时只是日本乡下的一个孩子，就在一把扇子上看到过一幅西湖游览图，他一下就被吸引住了，那上面清楚地画着西湖的各种景致，就像一个立体模型。

这个扇面的总标题是“人间天堂”，图中的景致都有优雅的名称，一下子吸引住了当时的乡下少年。这图精美绝伦，让少年在很长的时间里竟沉迷于此，日日逼视，烂熟于心。少年在心中发下宏愿，长大后一定要亲身到这样的天堂里一游。为了实现这个愿望，这乡下的少年从此手不释卷，勤学苦读，年长后学有所成，成为当时的遣明使，竟真的来到了杭州。

让当地接待的官员诧异的是，这日本人在西湖间徜徉时，如游故地，熟门熟路，像是踏访着一个曾经的梦境。

当时派往明朝的使臣，对西湖都是心有戚戚。比如日本室町时代遣明使、临济宗禅僧策彦周良，俗姓井上，九岁即出家于嵯峨天龙寺，明嘉靖十八年（1539，即日本天文八年）任遣明副使，之后在嘉靖二十六年（1547）任遣明正使。两度入明，受礼遇甚隆，与文人交游甚广。张岱记得他有两首写西湖的诗颇能称道：

余杭门外日将晡，多景朦胧一景无。
参得雨奇晴好句，暗中摸索识西湖。

日兹暮矣兴何佳，暗度西湖湖水涯。
眼似老年看不见，六桥风景雾中花。

这策彦周良是日本五山文学末期巨匠，而日本五山文学中的许多禅僧，实际上并没有来过杭州，但出于对苏东坡等人的喜爱，对苏堤上的六桥、孤山及孤山上的和靖宅都极为熟悉，而苏轼筑堤捍湖的事迹以及林和靖孤山隐居的佳话在日本在五山禅林中也广为知晓。像著名的万里集九，其汉诗文才华出众，有《梅花无尽藏》一卷，其中的《贴西湖梅诗》广为传诵：

一横枝上粘西湖，名字斯花别不呼。
意外春风真假合，傍人定道画成图。

而景徐周麟（1440—1518）的《西湖图》题诗大概是其中的代表了："笔端缩地是神品，多少僧庐多少山。三百六十连水面，秋冬春夏换孱颜。苏公堤畔柳藏径，和靖宅前梅卧湾。欲识雪时奇绝处，上方楼阁不人间。"

日本的五山文学，其根源还是来自南宋时的官寺制度，即有朝廷任命住持的五所最高的禅寺。镰仓幕府时代日本模仿南宋的五山制度设立镰仓五山（建长寺、圆觉寺、寿福寺、净智寺、净妙寺），京都五寺（天龙寺、相国寺、建仁寺、东福寺、万寿寺）以及五山之上的京都南禅寺，共十一座禅寺，合称"五山十刹"。

由于"五山十刹"官寺制度的建立，信奉禅宗的僧人们得到当政者的极力支持，享受着优厚的待遇。他们为显示其高雅尊贵的社会地位，常常以文会友，以诗喻禅，热衷于通过禅宗接触中国文学，并成为当时日本文坛的主流，史称"五山文学"。

张岱想到异国他乡之人对于西湖的热爱，不由扼腕长叹：现在的西湖还是人间天堂吗？也许以后会有，但肯定不是现在的面貌。

他突然有了一个想法，要把自己对西湖的感情呈现出来，他要寻梦西湖。

我饮不尽器，半酣尤味长

“余生不辰，阔别西湖二十八载，然西湖无日不入吾梦中，而梦中之西湖实未尝一日别余也。……余乃急急走避，谓余为西湖而来，今所见若此，反不若保吾梦中之西湖，尚得完全无恙也。因想余梦与李供奉异。供奉之梦天姥也，如神女名姝，梦所未见，其梦也幻。余之梦西湖也，如家园眷属，梦所故有，其梦也真。今余僦居他氏已二十三载，梦中犹在故居。旧役小傒，今已白头，梦中仍是总角。夙习未除，故态难脱。而今而后，余但向蝶庵岑寂，蘧榻于徐，惟吾旧梦是保，一派西湖景色，犹端然未动也。儿曹诘问，偶为言之，总是梦中说梦，非魇即呓也。因作《梦寻》七十二则，留之后世，以作西湖之影。余犹山中人，归自海上，盛称海错之美，乡人竞来共舐其眼。嗟嗟！金齑瑶柱，过舌即空，则舐眼亦何救其馋哉！”

康熙十年（1671），时年七十五岁的张岱，完成了他的《西湖梦寻》。在顺治十四年（1657）这一次来过杭州后，整整十四年他再没有踏足西湖，只是在顺治十七年（1660），灵隐寺大殿落成时，作诗寄给具德和尚贺之。也许是因为失望，也许是不想再失望，当现实的西湖不能装下张岱记忆的时候，张岱便在纸上建筑了自己的西湖，这部《西湖梦寻》也成为后人寻找西湖历史痕迹的典籍之一。

《西湖梦寻》全书共五卷七十二则，对山水景色、佛教寺院、先贤祭祠等进行了全方位的描述，分总记、北路、西路、中路、南路、外景的空间顺序依次写来，而张岱在每则记事之后，选录先贤时人的诗文若干，宛如西湖诗文选。

在其开篇第一章《西湖总记——明圣二湖》的附文中，便是苏轼的《夜泛西湖》中的一首，第二首又是苏轼的《湖上夜归》：

我饮不尽器，半酣尤味长。
篮舆湖上归，春风吹面凉。
行到孤山西，夜色已苍苍。
清吟杂梦寐，得句旋已忘。
尚记梨花村，依依闻暗香。
……

第九章　镜水绕山山尽白

清康熙四年（1665）冬某日午时，北风呼啸，昏鸦盘旋。因为寒冷，望江门外人迹寥落，守门军士的站姿被风吹得都不是很标准。此时的阳光照在身上，犹如敷上了一层冰，而哈一口气出来，像是升腾起了一阵迷雾，随即又消散。

官道上，终于见到了一驾马车出现在视野的远端，压着道上的冰凌，慢悠悠驶向城门。待到了城门，一名中年文士掀开车帘，递上了相关路引。车入杭州，才行了数十米，却被数人截住，一名穿着打扮极为雍容富贵的男子高呼："可是谪凡兄到了？"

车帘打开，中年文士下得车来。他略微有些发福，又有和年龄并不相称的眉清目秀，对着迎在车边的诸人拱手说："渔何德何能，竟劳各位大驾！"

南高峰，北高峰，南北高峰云淡浓

这中年文士便是李渔，字谪凡，号笠翁，这一年他五十五岁，已是宇内知名的文学大家、戏剧大家。李渔是金华府兰溪县夏李村人，生于扬州府如皋县（今江苏如皋）。他自幼就有才子之誉，世称李十郎。

在搬迁至南京之前，李渔曾经在杭州生活过十来年，他在杭州的寓所就是大名远扬的“武林小筑”。据说李渔初到杭州时，尽管有朋友的接济，但仍然举日维艰，穷途欲哭。这倒逼得他卖文为生，数年间写出了《怜香伴》《风筝误》《意中缘》《玉搔头》等传奇及《无声戏》《十二楼》等白话短篇小说集。

这些书解决了李渔全家的生计问题，在带给李渔巨大的市井声誉之时，也让他受到了正统文人的毁谤，但生活永远是第一位的。

四年前，也就是李渔五十一岁时，同样出于生活的考虑，李渔携家告别了风景如画的西子湖，来到文人荟萃、虎踞龙盘的六朝古都南京。数年忽忽而过，这一年写完传奇《凰求凤》后，李渔突然思念起杭州来，于是给杭州的友人陆圻、丁澎、吴百朋等①去信，这便有了冬日杭州之行，前来迎接李渔的正是陆圻诸人。

“君子之交淡如水，小人之交胶如漆”，对于友情，李渔在《交友箴》中写过：“饮酒须饮醇，结交须结真。饮醇代药石，交真类松筠。”“交道戒纷纭，交情忌稠密。神交千里通，面交九嶷隔。宁寡无滥觞，宁淡无胶漆。”

但一别经年，好友间的重逢有着欢欣，就像陆圻用南宋末年袁正真的那阕《长相思·送汪水云》来打趣李渔：

南高峰，北高峰，南北高峰云淡浓。湖山图画中。
采芙蓉，赏芙蓉，小小红船西复东。相思无路通。

这一日的晚宴设在望湖楼上，隔着窗户，可以看到

① 陆圻等人均为“西泠十子”中人物，按清陈康祺《郎潜纪闻》卷十四记载：“西泠十子，所作诗文，淹通藻密，符采烂然，世谓之西泠派。”

湖山在冬日里稀疏的轮廓，像是水墨之画。座中都是杭州的文化名流，以“西泠十子“为主，还有像周亮工，他饱经宦海沉浮，曾两次下狱，被劾论死，后遇赦免又重新起复。

觥筹交错中，酒意渐渐浓烈，文人雅聚，说的大抵是诗文之道或文坛逸事。时一阵风吹，窗棂被吹开，冷风吹拂，鹅毛大雪犹如蝶群曼舞在天地之间，远山有了薄薄的雪意。

片山兼水绕，晴雪复漫漫

孤山在望，晴天里从望湖楼看过去历历在目，哪怕是夜晚，月色的清辉同样让山麓清晰浮现，而此刻生了炭火，屋中热气缭绕，屋外寒风凛冽，孤山在白雪如蝶的穿梭中只有一个轮廓。

望湖楼本就临水，此时，风雪中仿如一艘大船。陆圻忽曼声高吟，语声中有着金石般的铿锵，他和兄弟陆培、陆堦及钱塘一众好友本就极喜爱孤山，尤其是时际国事沧桑，对梅妻鹤子的林逋林和靖颇有研究，他吟诵的正是林逋的《西湖舟中值雪》：

浩荡弥空阔，霏霏接水濆。
舟移忽自却，山近未全分。
冻轸闲清泛，温炉接薄薰。
悠然咏招隐，何许叹离群。

这诗中所透露出来的枯索之意，也许是座中众人都有的感触。

顺着陆圻的吟诵，李渔接过了话茬，他指着漫天的飞雪和雪中的大湖，说："汪砢玉诚不欺我啊，他的《西子湖拾翠余谈》有一段评说西湖胜景的妙语：西湖之胜，晴湖不如雨湖，雨湖不如月湖，月湖不如雪湖……能真正领山水之绝者，尘世有几人哉！"

汪砢玉是明朝人，字玉水，号乐卿，秀水（今浙江嘉兴）人，曾官山东盐运使判官，能诗文，善书画，家富收藏，说起来也是今日赴宴者的前辈，只可惜改朝换代中已不知下落，唯留下了著述多本。

李渔对汪砢玉关于西湖景致的评析是心有戚戚，他和着陆圻吟诵林和靖诗作的话头，又继续说："和靖先生的那首《孤山雪中写望寄呈景山仙尉》中说：'璠树瑶岑掠眼新，鲜飙时复扬珠尘。此中自是蓬莱阙，何处更寻姑射人。'这更是深得雪中人的真髓！"

雪中看景，大抵要有雪的心境才可以。

栎园先生周亮工在明崇祯十三年（1640）进士及第后，曾任明朝山东潍县知县，迁浙江道监察御史；清入关定鼎后，任两淮盐法道、淮扬兵备道、福建布政使、都察院左副都御史、户部右侍郎，却又被弹劾入狱，九死一生。他对于雪的体会也用了林和靖的诗《孤山雪中写望》：

片山兼水绕，晴雪复漫漫。
一径何人到，中林尽日看。
远分樵载重，斜压苇丛干。
楼阁严城寺，疏钟动晚寒。

林和靖的这三首雪中西湖之诗，各有千秋，读的人不同，给人的感受也大有不同，读诗如聊天，彼此的情绪和气息要相通，这就像隐居于孤山的林和靖，他也并非孤寂傲岸得不近人情。对于兴趣相投的友人，林和靖无疑是有趣的朋友。

关上窗，房屋里一下子暖和起来，陆圻说起了文坛的掌故，林和靖和宋诗“开山祖师”梅尧臣的友情。

关于梅尧臣，这日在座的各位并不陌生。他是宣州宣城（今属安徽）人，幼时家贫，自小发愤苦读，起初以恩荫补任太庙斋郎，做过各地地方官，北宋皇祐三年（1051）赐同进士出身，为太常博士。从诗词传承而言，梅尧臣反对西昆体，强调《诗经》《离骚》的传统，其诗工于平淡，风格含蓄，自成一家，与欧阳修并称“欧梅”。

梅尧臣和林和靖的友谊在文字中便可见一斑，有一年下雪了，望着窗外纷纷扬扬的大雪，梅尧臣写了《对雪忆往岁钱塘西湖访林逋》：

昔乘野艇向湖上，泊岸去寻高士初。
折竹压篱曾碍过，却穿松下到茅庐。

写了一首后，停笔饮茶，捻须自我欣赏了一番，又觉得言犹未尽，于是又提笔写下：

旋烧枯栗衣犹湿，去爱峰前有径开。
日暮更寒归欲懒，无端撩乱入船来。

两首写毕，回想当日畅谈，索性提笔又写了第三首：

樵童野犬迎人后，山葛棠梨案酒时。
不畏尖风吹入牖，更教床畔觅鸱夷。

这种唱和大概是文人间彼此取暖的方式，像这个大雪弥漫的冬日，宴毕，李渔和陆圻三兄弟约好，待明日雪止后去湖上泛舟。

神仙宫府小洞天，琴鹤正为我辈设

到了吴山脚下的客舍，踏进大门，李渔抖去身上积下的白雪，仿佛要把寒气抖落下来。这个时候，他分外想念南京寓所书房里的那把暖椅。李渔是一个讲究生活品质的人，他生活中的一些发明无不与此有关，在后世洛阳纸贵的《闲情偶寄》大抵是从这个时候开始记录的。

他自己这样描述这把椅子："前后置门，两旁实镶以板"，"此椅之妙，全在安抽替（屉）于脚栅之下……抽替以板为之，底嵌薄砖，四围镶铜。……置炭其中，上以灰覆，则火气不烈，而满座皆温。……自朝抵暮，止用小炭四块"，"只此一物，御尽奇寒"。

那是如友人般温暖的拥抱，李渔甚至有些后悔，应该把这把椅子带到杭州来，他后来在《闲情偶寄》里说："游山访友，何烦另觅肩舆？只须加以柱杠，覆以衣顶，则冲寒冒雪，体有余温。"

这个构想或许是杭州这个雪中的夜晚带给他的，在这个迷迷糊糊的想念中，他酣然入眠，居然梦见了在孤山中和林和靖漫步谈诗，一树梅花开得灿烂，而数只大鹤紧紧追随着他们，雪上爪印斑斑，历历在目。

第二天，李渔起来就晚了，外面正是雪霁的天空，有着无限的辽阔和蔚蓝。他洗漱完毕，用过随从奉上的早点后，陆圻三兄弟还没有到。李渔想了想，在案几上打开纸，写下了元稹的一首诗，他准备等下送给陆圻，笔走龙蛇，元稹当年赠白居易的《酬乐天雪中见寄》如

镜水绕山山尽白，琉璃云母世间无

梅花摇曳：

知君夜听风萧索，晓望林亭雪半糊。
撼落不教封柳眼，扫来偏尽附梅株。
敲扶密竹枝犹亚，煦暖寒禽气渐苏。
坐觉湖声迷远浪，回惊云路在长途。
钱塘湖上蘋先合，梳洗楼前粉暗铺。
石立玉童披鹤氅，台施瑶席换龙须。
满空飞舞应为瑞，寡和高歌只自娱。
莫遣拥帘伤思妇，且将盈尺慰农夫。
称觞彼此情何异，对景东西事有殊。
镜水绕山山尽白，琉璃云母世间无。

当年白居易任杭州刺史，而元稹同时间就任浙东观察使，元稹在诗中描述了两人在杭州把臂同游的友情。李渔把这首诗抄写一番送给陆圻，也是时空交错中关于友情的一段佳话。

李渔写到一半之时，陆圻、陆培、陆堦三兄弟已经到来，围在案几之侧欣赏。

收笔，寒暄。一行人便出了客舍，走到涌金门码头，陆圻早已叫好画舫。

随着舟入湖心，向周边凝望，湖山雪后，琼楼玉树，上下一色，而雪后日光皎然，明媚异常，目光不敢正视。时见觅食的雀鸟振翅飞动，却并不高飞。

话题继续着昨晚的雪中西湖之诗，陆堦年龄小一些，对李渔向来仰慕，他问："笠翁兄，除了那些耳熟能详的诗词，还有哪些写雪中西湖的诗和诗人可以一观？"

李渔略作思忖，说："《全唐诗》中存其诗一卷，但后世不太知名的诗人李郢有一首写雪后的诗。李郢是北方人，却长年居住在杭州，以山水琴书自娱，疏于驰竞，后来在唐大中十年（856）中进士，最后当了侍御史。"

李郢的那首《冬至后西湖泛舟看断冰偶成长句》写的景物和此刻相仿佛，却写得气象沉郁：

一阳生后阴飙竭，湖上层冰看折时。
云母扇摇当殿色，珊瑚树碎满盘枝。
斜汀藻动鱼应觉，极浦波生雁未知。
山影浅中留瓦砾，日光寒外送涟漪。
崖崩苇岸纵横散，篙蹙兰舟片段随。
曾向黄河望冲激，大鹏飞起雪风吹。

面对锦绣江南，李郢居然能写出如此雄阔诗文，这让人心神激荡，陆培插入说："李郢这首好是好，但元时的魏初魏青崖写的《杭州大雪》却不遑多让。"

寸肠不用多蟠结，千计百思徒屑屑。
春风昨夜到梅花，况是西湖好晴雪。
平时走马入燕云，不忆扁舟落江浙。
人生南北亦偶然，造物何尝管调燮。
竹梢松滴玉零星，一样林逋诗苦冽。
神仙宫府小洞天，琴鹤正为我辈设。
酒酣击楫回中流，江山逸兴悠然发。
自怜青鬓已如丝，只有丹心犹似铁。

雪后西湖，其岑寂和清净与日常所见迥然不同，这大概和人的心境有关，李渔想起明初的高僧来复，曾担任灵隐寺的住持，奉诏入京后，于蒋山法会上说法，受朱元璋赏识，赐金襕袈裟，授僧录司左觉义，诏住安徽凤阳圆通院，官宦争从其学。但到了明洪武二十四年（1391），却因涉嫌胡惟庸党案而被监禁[①]，后被凌迟处死。

其兴也勃焉，其亡也忽焉，但来复在灵隐寺潜修时的一首禅诗《鹫峰对雪》（其一）却为李渔所欣赏：

玉龙颤晓朔云屯，滕六吹花积厚坤。
冻合洪河天不夜，光吞大地月无痕。
消冰成水应能辨，会色归空孰与论？
老我难禁寒彻骨，一岩松火喜春温。

谈谈说说，便说到了明初被朱棣诛十族的方孝孺，他所留下的那首写西湖雪景的《题南屏对雪图》中，可看出他那种宁折不弯的性格：

昔年岁暮京国还，舣舟夜宿南屏山。
山风吹云天欲压，夜半大雪埋江关。
清晨倚楼望吴越，六合玉花飘未绝。
恍疑江水驾山来，万顷银涛涌城阙。

① 一说释来复死于一个“殊”字引发的文字狱。关于释来复之卒，学界尚存争论。

山僧好事喜客留，置酒开筵楼上头。
玉堂仙人宋夫子，红颜白发青貂裘。
坐读古今如指掌，共看云收月华上。
寒辉素彩相荡摩，碧海琼台迭萧爽。
酒酣击节心目开，慷慨吊古思英才。
荒祠古柏岳王墓，废湖残柳苏公台。
一时嘉会难再得，仙人上天尘世窄。
王子何年绘此图，正貌南屏旧游迹。
吾知王也奇崛人，新诗妙墨俱绝伦。
偶然挥洒岂无意，神授仿佛存天真。
世间今古同飞电，回首人豪都不见。
空有罗山石室书，夜夜虹光射霄汉。

一船人长叹短嘘，而陆圻不曾想到的是，在并不远的将来，他也会陷身于清初的文字狱中。这是后话了。

此刻，陆圻已有些醺然之意，他笑谓李渔：“我们说的都是前人的诗，谪凡兄自小才思敏捷，又自号湖上笠翁，面对此湖此雪，不如也吟诗一首留于后世？”

李渔实际上早有所感，也一直在暗暗构思，此时陆圻一说，猛然间想到迎接他时陆圻所引的袁正真的那句“湖山图画中”，他豁然开朗，一首《雪后泛湖》的小诗随即吟出：

轻舠犯冷入冰壶，仿佛名人雪后图。
若使看山须待暖，画船多处失西湖。

时间流逝时我们并不曾注意，等发现时却已经无可挽回。《雪后泛湖》一诗即出，船上数人心领神会中却茫然若失。

湖山招我，全家移入画图中

这年冬天离开杭州之后，在清康熙五年（1666）和康熙六年（1667），李渔先后获得乔、王二姬，在对其进行细心调教后，组建了以二姬为台柱的家庭戏班，常年巡回于各地，而他的《闲情偶寄》一书也在此期间完成。

《闲情偶寄》一书是李渔对自己的生活中，所得所闻见的事物的总结性描述，既有对戏曲的看法、批评，还涉及生活中的如饮食、坐卧等方面的审美感受。

康熙十一年（1672）、十二年（1673），乔、王二姬先后离世，支撑李渔富足生活的家庭戏班土崩瓦解，李渔的生活转入捉襟见肘的困顿。到康熙十六年（1677），举家迁回杭州，在朋友、官员们的资助下，缘山而筑小院，俯仰之间都可饱赏湖山美景。“繁冗驱人，旧业尽抛尘市里；湖山招我，全家移入画图中。”

这样的晚年也差可安慰，但由于长期奔波的劳累，李渔再次病倒。康熙十九年（1680）农历正月十三，在又一个大雪纷飞的凌晨，李渔撒手尘寰，时年七十，死后安葬在杭州方家峪九曜山上，当时的钱塘县令梁允植为他题碣：“湖上笠翁之墓”。

若使看山须待暖，画船多处失西湖。

人情冷暖之间，便是白驹过隙般的一生。

下篇

淡妆浓抹总相宜

第一章　死生契阔三十载

凤凰山下雨初晴，水风清，晚霞明。一朵芙蕖、开过尚盈盈。何处飞来双白鹭，如有意，慕娉婷。　　忽闻江上弄哀筝，苦含情，遣谁听？烟敛云收、依约是湘灵。欲待曲终寻问取，人不见，数峰青。

——苏轼《江城子·江景》

游遍钱塘湖上山，归来文字带芳鲜

北宋元祐五年（1090）四月的一个黄昏，在宝石山上的十三间楼，居高临下眺望正在治理中的西湖，苏东坡颇有恍惚感。隔了十多年，第二次来杭州的时候，苏东坡已是这一地的最高长官，但他心心念念的西湖，近半个已淤塞，荒草丛生如湿地，填湖造田都有人提出，而苏东坡上奏朝廷，力主西湖不可废。

为了方便指挥，这些时日，苏东坡很少回到凤凰山下的府衙，而是住在十三间楼中，面对西湖，视野开阔，既可亲督工程进度，又可随时调整设计施工方案。

十三间楼，即十三间楼石佛院，始建于后晋天福七年（942），由吴越王钱氏家族所建，比保俶塔还要早几年建成。到了北宋治平二年（1065），十三间楼改名相严院，因其居高临下，整个西湖尽收眼底，成为北宋年间的游览胜地和寺院名楼，“山外青山楼外楼”正是此楼的写照。十三间楼靠山临湖，周围有翠竹和清泉，还是一著名的避暑胜地。北宋的郭祥正写有《十三间楼》：“高楼插湖脚，绀碧十三间。待月客无寐，看山僧自闲。”

苏东坡捧着张先张子野的诗集，想起十多年前任杭州通判时和张先的交往，当时张先已经八十余岁，两人把臂同游西湖，这阕《江城子》词题注有“湖上与张先同赋，时闻弹筝”。

遥想当日，湖上有画舫，上有妇人数位，其中一位三十余岁容颜美丽的女子正在弹筝。苏东坡和张先陶醉于音律之间，筝声未息之时，画舫渐渐远去，两人怅然若失。此时雨后初晴，湖光山色间晚霞明丽，把耳边袅袅不散的乐曲渲染得更加哀伤。

苏东坡和张先于是相约各自赋词一阕（让人遗憾的是，张先的词已散失在时间深处，我们不复得读）。

故人的音容笑貌，宛如眼前。那一日西湖之上的筝声犹如流水潺潺，又恰如阳光斑驳。此时翻阅张先诗集，有着隔世之感，摸摸自己的大肚子，当年不过三十出头，现在已经是五十有四了。苏东坡拿起笔，在诗集的背面写下了《题张子野诗集后》。

“张子野诗笔老妙，歌词乃其余技耳。《华州西溪》云：‘浮萍破处见山影，小艇归时闻草声。’与余和诗云：‘愁似鳏鱼知夜永，懒同蝴蝶为春忙。’若此之类，皆可以追配古人，而世俗但称其歌词。昔周昉画人物皆入神品，而世俗但知有周昉士女，盖所谓未见好德如好色者欤？元祐五年四月二十一日。”

对已逝友人的这种赞许和推崇，实际上是一种对生命和灵魂相互间的应和与共鸣，他认为张先的诗不比他的词差，但词却可以唱，所以世人皆喜张先之词。苏东坡的性格是诙谐的，下笔之时，他想起当年给张先写的诗《张子野年八十五尚闻买妾述古令作诗》：

锦里先生自笑狂，莫欺九尺鬓眉苍。
诗人老去莺莺在，公子归来燕燕忙。
柱下相君犹有齿，江南刺史已无肠。
平生谬作安昌客，略遣彭宣到后堂。

笔在空中顿了顿，哑然失笑，伤感倒是消散许多。苏东坡写完题词之时，正好两浙路转运副使叶温叟和转运判官张璹进门，他们三人在疏浚西湖一事上配合默契，颇为相得，而苏东坡对叶温叟极为佩服。

元祐四年（1089），也就是去年，苏东坡刚到杭，时逢两浙地区洪涝成灾，朝廷分物资赈灾，由同年叶温叟来给各地分配。当时苏轼认为，杭州人口差不多占一半，应分一半物资给杭州。叶温叟却认为，应该以地域大小来分，杭州在浙江不过占一小块地方，取一半物资未免有失公平。

苏东坡和叶温叟争论不休，不过决策者是叶温叟，最后三成物资给了杭州。但苏东坡也是个执拗的人，不断上书朝廷弹劾叶温叟“擅自分擘”。在这样的压力下，叶温叟此时却站在苏东坡这边，一起疏浚西湖，考察规划工程，视察管理进度，个人的荣辱基本上置之度外，这让苏东坡暗暗推许，公是公，私是私。

两人欣赏了苏东坡的书法，笔走龙蛇中有着圆润和暗藏的锋芒。在讨教了一番书法技巧之后，三人相约去湖边饮酒叙谈。此时，天已入暮，夜色像是从西湖的湖水中爬了上来。春风无限，有春天若有若无的芳香气息，天际已有星星点缀，张璹低低吟诵：

游遍钱塘湖上山，归来文字带芳鲜。
羸僮瘦马从吾饮，陋巷何人似子贤。
公业有田常乏食，广文好客竟无毡。
东归不趁花时节，开尽春风谁与妍。

这正是去年底，苏轼在送郑仅郑户曹去任大名府户曹参军时所写，张璹也喜爱苏东坡的诗词，这郑户曹也颇有诗名，与苏东坡交好。

可怜风景浙东西，先数余杭次会稽

春风和畅，几杯浊酒下肚，苏东坡已有些酒意。三人寻了艘渔舟，让船家舟泛春湖，撒网捕鱼，忙碌了一天，此刻月上中天，三人也想把臂言欢。

渔舟将行，岸上忽传脚步声，朦胧间一大和尚僧衣飘飘，大步如飞疾奔而至，口中呼喊着："且慢！且慢！"却是佛印。佛印最是好吃，偏生嗅觉灵敏，遇有场子，总是不请自来。

四人上舟，谈谈说说，好不快活。月光明亮，宛如玄鸟，苏东坡忽然说起白居易，大概是因为白居易的酒酿得极好，说着说着，说晚年的白居易极喜欢李商隐的才华，甚至说下辈子转世要当李商隐的儿子。李商隐后来生了儿子，想起白居易生前的这段旧事，就给儿子取名"白老"，这儿子却木讷愚钝，不太灵光，害得温庭筠笑骂，这不丢白居易的脸吗？

这当然只是江湖的传说，但可以看出白居易对朋友的亲厚和他洒脱不羁的性格，于是就说到了白居易和元稹的友谊，以及他们在浙江时的《三州唱和集》。

叶温叟说，对西湖来说，最早的唱和之一却是来自白居易（字乐天）的老师顾况（字逋翁）的，当时他的好友房孺复正任杭州刺史，顾况在杭州行后写了《酬房杭州》，向好友表示感谢：

郡楼何其旷，亭亭广而深。
故人牧余杭，留我披胸衿。
满箧阅新作，璧玉诞清音。
流水入洞天，窅豁欲凌临。
辟险延北阜，薙道陟南岑。
朝从山寺还，醒醉动笑吟。
荷花十余里，月色攒湖林。
父老惜使君，却欲速华簪。

“荷花十余里，月色攒湖林”两句，柳永在《望海潮》一词中所写的“十里荷花”或许脱胎于此。

张璹说：“白乐天也没有辱没了顾逋翁，而且是青出于蓝。”

白居易和元稹的友情始于长安，在同科中举后，两人都被授予秘书省校书郎的官职。唐朝校书郎官秩为正九品，品阶不高，但属于文采之选，张九龄、刘禹锡等中进士后均初授此职，其仕途前景光明。校书郎的平常事务是勘正文章，校对典籍，整理图书，属于人们日常说的清贵之位。

但长安居，大不易，两人尽管当上了官，但俸禄微薄。元稹人头熟，就给两人找了远离闹市的华阳观。那里林木蓊郁，环境幽静，且无车马喧哗，是修身养性、读书用功的好地方。白居易在诗中这样写华阳观："华阳观里仙桃发，把酒看花心自知。争忍开时不同醉，明朝后日即空枝。"

中唐时的这一大群诗人，如白居易、元稹、刘禹锡、李绅……物以类聚，人以群分，他们是当时诗坛的翘楚，经常在华阳观一起交流诗艺，他们有着相近的诗学追求，当时发起了新乐府运动，并成为中唐文坛的一种潮流。

在白居易任杭州刺史的第二年，元稹也离开长安，履越州刺史、浙东观察使之职，按照路线，先到杭州和白居易一晤。白居易接到书信后，当即写下了《元微之除浙东观察使喜得杭越邻州先赠长句》："稽山镜水欢游地，犀带金章荣贵身。官职比君虽校小，封疆与我且为邻。郡楼对玩千峰月，江界平分两岸春。杭越风光诗酒主，相看更合与何人。"

元稹的到来，也意味着中唐文坛的盛事《三州唱和集》拉开了序幕。

随元稹而来的，还有白居易的另外一个好友崔玄亮，他将出任湖州刺史。崔玄亮，在白居易的诗中常常被称为"崔十八"，事迹可见于白居易《唐故虢州刺史赠礼部尚书崔公墓志铭》，以及《旧唐书》《新唐书》《唐诗纪事》。

在他们到来之前，白居易与距离相近的湖州刺史钱徽、苏州刺史李穰常常以诗互赠，现在又增加了元稹和崔玄亮，之后还加上了苏州刺史李复言，相互间唱酬频繁。白居易到杭州后有《初到郡斋寄钱湖州李苏州》：“俱来沧海郡，半作白头翁。谩道风烟接，何曾笑语同。吏稀秋税毕，客散晚庭空。霁后当楼月，潮来满座风。霅溪殊冷僻，茂苑太繁雄。唯此钱塘郡，闲忙恰得中。”而李复言在《苏州元日郡斋感怀寄越州元相公杭州白舍人》诗中有“旧交邂逅封疆近，老牧萧条宴赏稀。书札每来同笑语，篇章时到借光辉”之句，可想见相互间书信的频繁。

而名传天下的《三州唱和集》由此成形：元稹、白居易、崔玄亮三个在浙江的好友，频相唱和，他们以竹筒贮诗邮递，称为“诗筒”，遂成佳话。白居易在《醉封诗筒寄微之》中说：“展眉只仰三杯后，代面唯凭五字中。为向两州邮吏道，莫辞来去递诗筒。”

元稹离开杭州到了越州后，写了一首《以州宅夸于乐天》，这首诗同样有朋友间的调侃，大概是说：老天真的眷顾我，被贬官了，依然到浙东这样美丽的地方。诗云：“州城回绕拂云堆，镜水稽山满眼来。四面常时对屏障，一家终日在楼台。星河似向檐前落，鼓角惊从地底回。我是玉皇香案吏，谪居犹得住蓬莱。”

白居易读完元稹的诗，回了一首：“贺上人回得报书，大夸州宅似仙居。厌看冯翊风沙久，喜见兰亭烟景初。日出旌旗生气色，月明楼阁在空虚。知君暗数江南郡，除却余杭尽不如。”

白居易的诗回得也很巧妙，还讽刺了元稹一番，说你是贬官到西北后，大漠风沙看得太久了，到绍兴后，看到兰亭楼台、小桥流水就以为到了天堂，实际上你就是嫉妒我，知道江南哪一个城市都比不上杭州！

元稹又写了一首《重夸州宅旦暮景色兼酬前篇末句》："仙都难画亦难书，暂合登临不合居。绕郭烟岚新雨后，满山楼阁上灯初。人声晓动千门辟，湖色宵涵万象虚。为问西州罗刹岸，涛头冲突近何如？"

元稹说：我苦闷啊，越州虽然是人间仙境，可惜我都不想多待，更别说你在罗刹江畔的浙西。白居易回诗："君问西州城下事，醉中叠纸为君书。嵌空石面标罗刹，压捺潮头敌子胥。神鬼曾鞭犹不动，波涛虽打欲何如？谁知太守心相似，抵滞坚顽两有余。"

也许是为了安慰元稹，他又写了一首诗说，江南的风景，除了杭州最好的就是绍兴了，两个地方各有千秋："可怜风景浙东西，先数余杭次会稽。禹庙未胜天竺寺，钱湖不羡若耶溪。摆尘野鹤春毛暖，拍水沙鸥湿翅低。更对雪楼君爱否？红栏碧瓦点银泥。"

天竺意境

苏东坡他们在西湖的月夜里吟诵高歌《三州唱和集》中的诗篇，似乎唐宋的时间已经重叠，而白居易就是苏轼，苏东坡就是白乐天。巧合的是，白居易、元稹和崔玄亮同时中举，而苏轼和叶温叟也是如此。

遗憾的是，到了后世，崔玄亮的那部分唱和诗已经消失不见，否则我们能够得窥唐朝时候浙江三地的风貌对比。

白居易的诗里有写给崔玄亮的："三郡何因此结缘，贞元科第忝同年。故情欢喜开书后，旧事思量在眼前。越国封疆吞碧海，杭城楼阁入青烟。吴兴卑小君应屈，为是蓬莱最后仙。"

他们三人在贞元初年一起登科，崔玄亮名列最后，当时崔自咏云："人间不会云间事，应笑蓬莱最后仙。"

这种诗人间的唱和也成为汉语诗歌的一个传统，就像这山水绵长，而山水在每一个诗人这里都会不同，就像诗人间的友情，但友情会表现得不尽相同。

莫道骚人在三楚，文星今向斗牛明

苏东坡对元白之交颇为羡慕，他说，文人间的兄弟之情大概就是这样吧。唐长庆四年（824），元稹为白居易编辑《白氏长庆集》。大和二年（828），两人共同编纂了元白唱和总集《因继集》十七卷。

到了大和五年（831），比白居易小的元稹去世，灵柩运到洛阳后，白居易亲自到灵前祭奠，并作祭文和哀辞，后又为其撰写墓志。两人之间，称得上是灵魂之交。

苏东坡举了元白的两首诗来做例子，相当于他们在杭州时写的同题诗。白居易有一次怀念杭州，写下了《重题别东楼》：“东楼胜事我偏知，气象多随昏旦移。湖卷衣裳白重叠，山张屏障绿参差。海仙楼塔晴方出，江女笙箫夜始吹。春雨星攒寻蟹火，秋风霞飐弄涛旗。宴宜云髻新梳后，曲爱霓裳未拍时。太守三年嘲不尽，郡斋空作百篇诗。”

元稹收到后，唱和了一首《和乐天重题别东楼》：“山容水态使君知，楼上从容万状移。日映文章霞细丽，风驱鳞甲浪参差。鼓催潮户凌晨击，笛赛婆官彻夜吹。唤客潜挥远红袖，卖垆高挂小青旗。剩铺床席春眠处，高卷帘帷月上时。光景无因将得去，为郎抄在和郎诗。”

从这两首诗中可以看出两人相交莫逆，灵犀互通。宦海沉浮，两人在政见上并不尽相同，在当时的朋党之争中也分属牛李两派，但相互间的情谊却始终不曾褪色。

佛印打了个稽首：“这是三生修来的啊，还有一个刘禹锡，和两人也是有默契。”他低吟了刘禹锡的《白舍人自杭州寄新诗有柳色春藏苏小家之句因而戏酬兼寄浙东元相公》一诗：

钱塘山水有奇声，暂谪仙官守百城。
女妓还闻名小小，使君谁许唤卿卿。
鳌惊震海风雷起，蜃斗嘘天楼阁成。
莫道骚人在三楚，文星今向斗牛明。

文人相轻亦相重，说到这些旧事，舟中人感慨不已。叶温叟道：“说到知己，随李煜归宋的徐铉，有一首《送阮监丞赴余杭》也是佳作。”

徐铉喜爱香道，是北宋初年的制香大家，每遇这样皓月当空的夜晚，他必定坐于中庭，焚香一炷，让自己的心澄澈下来以伴月。他把自己制作的这种用料讲究的香称为“伴月香”，是时人争相以求的一种名香。

杨柳依依水岸斜，鹢舟东去思无涯。
坐临棋局延明月，行采诗题对落花。
虚白亭中多宴赏，钱塘湖上剩烟霞。
风光到处宜携酒，况有余杭阿姥家。

对这诗苏东坡却不喜欢，说：“除了风光到处宜携酒，其余的都是泛泛之言，相比而言，不如范公仲淹的《西湖筵上赠胡侍郎》简单明了：‘官秩文昌贵，功名信史褒。朝廷三老重，乡党二疏高。涯业尽图籍，子孙皆俊髦。西湖天下绝，今日盛游遨。’”

此时渔家一网兜上，月色下有鱼在翻滚，泛着细密的鳞白，舟中人大喜，唯有苏东坡看着佛印的光头，有些捉狭的心思：这和尚会吃鱼饮汤吗？

谁家水调唱歌头

阳羡姑苏已买田，相逢谁信是前缘。莫教便唱水如天。
我作洞霄君作守，白头相对故依然。西湖知有几同年？

元祐六年（1091），苏东坡送别叶温叟时写了这阕《浣溪沙·送叶淳老》，词写得明明白白，并不炫耀技巧，却纸短情长，情感流露。

苏东坡是真的惆怅，他弹劾了叶温叟，并害他贬官，但临到头，难受和悲伤的却是自己，为好友饯行时，只能黯然叹息，造化弄人。

比他们更晚一点的词人叶梦得在《避暑录话》中写："子瞻（苏轼）之志固美，虽伤于滥，不害为仁，而公（叶温叟）之守不苟其官，亦人所难。"

叶温叟的洒脱风范值得苏东坡敬重，很多事，只是每个人站在不同的角度去思考去做罢了。送走叶温叟的那一晚，苏东坡没有回州衙，而还是宿在十三间楼，一向豁达洒脱的他这一晚却辗转反侧，耿耿于心。

夜色中，从山上俯瞰下去，那条由淤泥堆积而成的大堤已经有了模样，等到若干年后，桃红柳绿，该是一处踏青寻诗的好地方，叶温叟不知道还会不会重游看到，而自己，想必也是不在杭州了。

哂然一笑，此时，苏东坡忽然想起自己的那阕《南歌子·钱塘端午》：

山与歌眉敛，波同醉眼流。游人都上十三楼。不羡竹西歌吹、古扬州。　　菰黍连昌歜，琼彝倒玉舟。谁家水调唱歌头。声绕碧山飞去、晚云留。

第二章　浩歌莫遣鱼龙泣

山外青山楼外楼，西湖歌舞几时休？
暖风熏得游人醉，直把杭州作汴州。

两个文士打马从苏公堤向九里松方向疾驰，时近午，阳光灿烂，初夏的阳光在此时颇燥热，抬头万里无云。在蝉声嘈杂中，其中一个文士曼声吟诵着林升的《题临安邸》，语气激越铿锵。

另一个个子更为雄壮一点的文士说：“昔人已乘黄鹤去。可惜我们无缘得识林升，这杭州，和他那时没有一点改变啊！”

是的，宋室南渡后，在最初的惊惶过去之后，随着宋金之间相对的平衡，除了那些以收复北地为己任的忠义之士，许多人都在安定的生活中忘记了初衷。

寻游心绪忍阑珊，高处重登始是观

刚才吟诗的文士是“生而有光芒”的陈亮陈同甫，另一个身躯更为雄壮点的是稼轩居士辛弃疾，两人是至交好友。此时，时运不济的陈亮尚未出仕，还在临安寻找机会，而辛弃疾正好回京述职。趁着这几日相聚，两人便时常在一起，饮酒作诗，针砭时弊，也交流自己的政治理念。

方才陈亮是看到西湖里画舫点点，听到风中送来歌女婉转的歌声，宛如盛世华年，才忍不住吟诵林升的这首诗。这首诗在简简单单中，把一腔激愤和对现实的失望用二十八个字表达了出来。

辛弃疾和陈亮是一早突然动兴想去灵隐寺，遂命人先去冷泉亭准备，等快近午时，两人策马前往。

辛弃疾看看陈亮，他只比自己小三岁，却因为生活中的自律显得矫然不群。辛弃疾想到初见陈亮时，大雪纷飞之日，他被困于病中。而三十五岁的陈亮，读到稼轩的诗词，听闻稼轩的逸事，在吕祖谦的介绍下，决定去结识稼轩。

辛弃疾当时应该是住在一个农庄，到农庄要过一座小桥，也许是下雪导致了板桥霜结，胯下马就是不肯过桥，陈亮三次提缰让马跃桥，而马三次望桥退却，仿佛桥上站着一个马眼里的魔鬼。这个时候的陈亮表现得足够的大丈夫：他下马拔剑，挥斩马首，然后推倒马身，徒步上桥。

陈亮的力气是足够大的，应该也学过剑术，否则不可能一剑斩落马头，又能够推倒马身。马血喷涌，灿烂在雪花飘扬中，马血如注，马身尚岿然不动，血犹如活体铺陈到泥土和白雪之上，流淌向河道……

马身轰然倒地之时，陈亮的面庞在风雪中呈现，落到了彼岸正倚窗看雪的辛弃疾眼里。当时的辛弃疾正处于蛰伏状态，在江西、湖北、湖南等地任地方官职，负责治理荒政、整顿治安。朝堂之上说是重视他的治国之才，实际上是让他退居二线，远离边境，作为一心北望的主战派，内心的郁闷可以想见。

漫天风雪中，两条大汉一见倾心。之后多年，两人见面不多，但诗词唱和酬答，书简往来频繁。

苏堤快到尽头，路的右侧就是孤山，辛弃疾和陈亮索性放缓了马速，缓缓并排而行。辛弃疾言语之间有些意兴阑珊，想到梅妻鹤子的林和靖，随口也吟了一首诗，不过不是林和靖的，而是宋仁宗时候的丘濬所作。丘濬为官多政绩，曾因上《感事》百篇得罪权贵，当权者想诛杀他，但好在仁宗不加追究。

寻游心绪忍阑珊，高处重登始是观。
晚吹划开三面碧，晨曦收住一天寒。
南屏洞户萝阴合，东极鳌峰雪浪漫。
远近声形穷不得，离朱师旷漫凭栏。

澄霁无涯混一区，似开尘网到华胥。
图抨水墨烟昏处，国占清凉月上初。
云梦泽宽城邑远，华严川好酒肴疏。
只期摆脱名缰了，来约真仙傍此居。

——《登西湖北楼二首》

丘濬当年所遭遇的攻讦，也和此刻主战派的遭遇相近，辛弃疾也是有所感，才想到他的这两首诗。

和靖久居勤赋咏，乐天临别叹勾留

天竺峰西月几层，亭孤应忌俗人登。

涤心

山光晓射闻猿客，泉影秋摇倚树僧。
微雨洒台青有点，片云生石冷多棱。
斜阳更起题诗兴，还喜重来或未能。
——赵湘《登杭州冷泉亭》

辛弃疾和陈亮才下飞来峰，冷泉亭上，一儒衫飘飘之文士已用本朝赵湘的诗来迎接他们了。赵湘此人本不怎么知名，但架不住人家有一个孙子厉害——赵湘的孙子就是被称为铁面御史，平时以一琴一鹤自随的名臣赵抃。

说来也巧，这迎候的文士是大儒朱熹，不过此时他的哲学和世界观尚在萌芽状态。在以后的岁月里，朱熹和陈亮还有数次关于“王霸义利”的辩难，这里略过不提。这一日，朱熹正在灵隐寺游玩，过冷泉亭时，见有人正在摆桌煮茗，随口问了几句，得知是辛弃疾和陈亮要来，都是旧识，兴致一起，索性留了下来。

朱熹迎着两人，哈哈一笑：“我是来蹭茶蹭饭了。”

三人相见，自是欢喜，在冷泉亭上席地而坐，看着“冷泉”两字，说起白居易和苏东坡的旧事。

当年白居易知杭州时，灵隐天竺是特别吸引白居易的所在，白居易与高僧韬光汲水烹茗达十二次之多，两人成为方外之交。韬光是个有趣的人，不仅仅精研佛法，文学造诣也很高，他和白居易可以说是志趣相投，两人经常吟诗唱和。有一回，白居易对韬光说：“灵隐一带，风光绝佳，山门幽静，我观历代刺史，从刺史相里君建虚白亭开始，都筑亭留影，迄今已至五座。”

韬光听白居易的言下之意，也有效仿之意，说：“刺史复刺史，刺史何其多！”白居易听后想了想，对啊，如果这亭太多，就不是盛事，而是风景的败笔了。

“五亭相望，如指之列，可谓佳境殚矣，能事毕矣。后来者，虽有敏心巧目，无所加焉。”白居易后来写了《冷泉亭记》以弥补不再造亭的遗憾，而后又挥毫写下了“冷泉”两字。而两百多年后，对白居易推崇备至的苏东坡来到杭州，看到白居易题写的“冷泉”二字后，提笔加上了一个“亭”字。

这是一段跨越时空的合作，两大诗人合璧的题字让三人欣赏不已，而冷泉亭的佳话还在于当年苏东坡在亭中办公，边喝茶边断案，端的是洒脱无比。

陈亮此时说：“如果说湖山之光美不胜收，西湖边的亭台楼阁同样功不可没，它们像是这湖山的灵魂。”

望湖楼、虚白亭、冷泉亭等等莫不如此，三人相视而笑，辛弃疾说：“刚才元晦兄以赵湘诗作迎我们，我倒是想起他的孙子，二度为官杭州的赵抃写的《杭州八咏》。”

三人都是饱读诗文，赵抃的《杭州八咏》自然都了然于胸，写的都是杭州著名的亭台楼阁，如《有美堂》：“城在东南诚第一，江湖只向坐中窥。斯堂占胜名天下，况有仁皇御制诗。”《虚白堂》：“松萝潇洒似居山，宾退公余半是闲。谁谓乐天虚白意，只传诗句落人间。”《巽亭》：“越山吴水似图屏，妙笔无缘画得成。闲上东南亭上望，直疑身世似蓬瀛。”《望湖楼》：“倚棹渔舠恣往还，澄波如鉴照群山。绕湖三百浮图寺，只是凭楼一瞬间。”《介亭》：“介亭群石似飞来，深插云林两两排。占得群峰最高地，翠姿何处有尘霾。”

三人回味再三，以诗言志，以诗抒怀，赵抃的诗大多如此，朱熹说："我倒更喜欢他的一首《题孤山寺湖上阁》。"

孤峰诸寺耸云楼，寺脚周环枕碧流。
和靖久居勤赋咏，乐天临别叹勾留。
挐舟直度闲千骑，佩印重来仅十秋。
预约前春挂冠去，湖山阁好换休休。

陈亮说："《虚白堂》之名得之白乐天，和赵抃的同题诗相比，我更喜欢白居易的。"

白居易的《虚白堂》写的是："虚白堂前衙退后，更无一事到中心。移床就日檐间卧，卧咏闲诗侧枕琴。"

陈亮这样一说，三人的兴致便转到同题诗上。

衰柳断桥西，共携手、攀条无语

三人先说的诗还是关于虚白堂，除了白居易和赵抃之外，还有不少诗人歌咏过虚白堂，像唐大中十年（856）的进士李郢写过《宿杭州虚白堂》："秋月斜明虚白堂，寒蛩唧唧树苍苍。江风彻晓不得睡，二十五声秋点长。"

而另一位唐末诗人罗隐同样写有《虚白堂前牡丹相传云太傅手植在钱塘》："欲询往事奈无言，六十年来托此根。香暖几飘袁虎扇，格高长对孔融樽。曾忧世乱阴难合，且喜春残色上存。莫背阑干便相笑，与君俱受主人恩。"

朱熹说："际遇和年代的不同，使得诗人对同一个地方会生出不同的感触，仅仅是一个虚白堂，就让人有沧海桑田的幻觉。从白居易到赵抃，唯一传承的应该是那种出岫之心。”

他更是举白居易《宿竹阁》和苏轼的《竹阁见忆》作为例子。竹阁，传为白居易所筑。《咸淳临安志》卷二十三载：“白公竹阁，旧在广化寺。柏堂后有小阁，多植竹，白公每偃息其间，仍有诗，遂以名。”

白居易的诗是这样的：“晚坐松檐下，宵眠竹阁间。清虚当服药，幽独抵归山。巧未能胜拙，忙应不及闲。无劳别修道，即此是玄关。”

苏轼题诗：“柏堂南畔竹如云，此阁何人是主人。但遣先生披鹤氅，不须更画乐天真。”

对于朱熹的这个说法，辛弃疾也大有同感，不过诗人与诗人之间的眼界和手法的高低还是显而易见的，哪怕就是在公认的大家这里。

辛弃疾举的例子，先是宋真宗年间逍遥子潘阆所写的《望湖楼上作》：“望湖楼上立，竟日懒思还。听水分他浦，看云过别山。孤舟依岸静，独鸟向人闲。回首重门闭，蛙鸣夕照间。”

笔锋舒朗，勾勒出一派云卷云舒的田园风光，但同样的地点，同样是所看到的景象，到了苏东坡的笔下，则完全是另外一种声音了。辛弃疾说的是苏轼的《宿望湖楼再和》：“新月如佳人，出海初弄色。娟娟到湖上，潋潋摇空碧。夜凉人未寝，山静闻响屐。骚人故多感，悲秋更憀栗。君胡不相就，朱墨纷黝赤。我行得所嗜，十日忘家宅。但恨无友生，诗病莫诃诘。君来试吟咏，定作鹤头侧。改罢心愈疑，满纸蛟蛇黑。”

新月如佳人。这种大开大合的笔力不是一般人可以把握，辛弃疾对苏东坡推崇备至，同样的地点，写到词里却又不一样了，比如张先的那阕《山亭宴·湖亭宴别》：

碧波落日寒烟聚。望遥山、迷离红树。小艇载人来，约尊酒、商量歧路。衰柳断桥西，共携手、攀条无语。水际见鹭凫，一对对、眠沙溆。　　西陵松柏青如故。翦烟花、幽兰啼露。油壁间花骢，那禁得、风吹细雨。饶他此后更思量，总莫似、当筵情绪。镜面绿波平，照几度、人来去。

仿佛龙生九子，一树开出百花，风景和建筑，俱是内心的寄托。

在三人故去之后若干年，南宋政权岌岌可危，比他们晚一些的诗人董嗣杲和吴文英，在经历了国家劫难后，写当时杭州涌金门外的丰乐楼时又有不同的体会。

董嗣杲的《丰乐楼》这样写："莺花箫鼓绮罗丛，人在熙和境界中。海宇三登歌化日，湖山一览醉春风。水摇层栋青红湿，云锁危梯粉黛空。千里掌平都掩尽，有谁曾纪建楼功。"而吴文英曾在丰乐楼宴饮，"大书所赋《莺啼序》于壁，一时为人传诵"，他的《高阳台·丰乐楼分韵得如字》这样写："修竹凝妆，垂杨驻马，凭阑浅画成图。山色谁题，楼前有雁斜书。东风紧送斜阳下，弄旧寒、晚酒醒余。自销凝，能几花前，顿老相如。　　伤春不在高楼上，在灯前欹枕，雨外熏炉。怕舣游船，临流可奈清癯。飞红若到西湖底，搅翠澜、总是愁鱼。莫重来，吹尽香绵，泪满平芜。"

时空的不同，诗人感受的不同，同样的场景能写出

旧隐即云林，思归日日深

不同的意蕴，这大概是诗词给人的魅力之一。

此时陈亮转移了话题说，其实写亭台楼阁的很多诗，主要还是寄托了诗人的情怀，同一个诗人，他的本心在不同的地方在不同的诗作里是一致的。

陈亮举了晚唐杭州刺史姚合的例子。姚合写过一首《郡中西园》："西园春欲尽，芳草径难分。静语唯幽鸟，闲眠独使君。密林生雨气，古石带潮文。虽去清秋远，朝朝见白云。"

之后还写过一首《题杭州南亭》："旧隐即云林，思归日日深。如今来此地，无复有前心。古石生灵草，长松栖异禽。暮潮檐下过，溅浪湿衣襟。"

两首诗所阐述的几乎是一个主题。姚合虽然替天子守牧钱塘，但内心却有陶渊明般的隐逸之心，这也许是一个诗人的浪漫和高洁。

同样的例子也可以从苏东坡那里看到，他写孤山的柏堂和竹阁，更是有一致性。在《柏堂》中，苏轼写道：

道人手种几生前，鹤骨龙筋尚宛然。
双干一先神物化，九朝三见太平年。
忽惊华构依岩出，乞与佳名到处传。
此柏未枯君记取，灰心聊伴小乘禅。

而在《竹阁》中，苏轼这样写："海山兜率两茫然，古寺无人竹满轩。白鹤不留归后语，苍龙犹是种时孙。两丛恰似萧郎笔，十亩空怀渭上村。欲把新诗问遗像，病维摩诘更无言。"

一般写西湖的诗，柔靡、委婉，正像林升诗中所抨击的一样，当然也有例外。辛弃疾突然提高了声音，诵诗之声在山谷中回荡，他吟诵的是名臣李纲的《灵隐宫》，这诗句在大开大合中慷慨激昂，也像是李纲的人设：

我昔曾游飞来峰，白猿昼挂峰上松。
晔然灵光如彩虹，钟磬自响金仙宫。
宦游漂泊西复东，虽欲再到无由从。
帝居钧天陋瀛蓬，螭坳载笔侍重瞳。
逆鳞聊试摩神龙，谪堕剑浦山重重。
征鞍来此寻旧踪，恍如梦落烟霞中。
朱楼宝殿飞玲珑，寒泉幽石欣相逢。
门前池馆虚含风，一洗尘虑清心胸。
明朝南去随征鸿，惆怅胜游回首空。

经年尘土满征衣，特特寻芳上翠微

从聚会中可以看出朱熹的性子，辛弃疾和陈亮酒兴方浓，朱熹却早早告辞了。等朱熹离开之后，两人又聊了一会儿，忽起登高的兴致，便从冷泉亭一侧走下溪涧，举步跨过溪上的石蹬，沿着山中石阶小径蜿蜒而上，一会便到了半山腰上的四角亭里。

在亭中两人对视一眼，默契于心，振衣长啸起来，此起彼伏，惊起林中栖息的飞鸟，盘旋于他们的头顶，俄顷又沉寂下来。两人的郁闷之气稍舒，便在亭中坐了下来，这掩映在绿荫之间的亭就是由“中兴四将”之一的蕲王韩世忠①所建造的翠微亭。

辛弃疾和陈亮对韩世忠韩良臣素来是钦服的，当年黄天荡一战，以八千官兵敌金兵十万，但韩世忠却能率军将金兵困于黄天荡，其妻梁氏亲自擂鼓助战，一举大破金兵。

这翠微亭的建造却是大有来历，其中的意蕴只有局内人才能体味。

宋高宗绍兴十一年十二月二十九日（1142年1月27日），岳飞以“莫须有”罪名被害，一同赴难的还有岳云和张宪；之后，主战派将领相继受到打击。张浚被免去节度使，刘锜被罢去兵权，而与岳飞过从甚密的韩世忠则被罢权后归居家园。

韩世忠看似粗豪，实则洞悉人心的幽暗。他开始闭门谢客，绝口不提国家之事，或隐居家中研读佛经，或悠游西湖以自乐。

但此刻，两人立于翠微亭中，却能够感受到韩世忠内心的那种不甘和愤懑，也能够感受到他在时代大环境中的苦闷。

① 绍兴二十一年（1151），韩世忠逝世，年六十三。追赠太师、通义郡王。宋孝宗时追封蕲王，位列七王之一。淳熙三年（1176），谥号“忠武”。后配飨宋高宗庙廷。宋理宗时为昭勋阁二十四功臣之一。明清时期更配享历代帝王庙。今有词作《临江仙》《南乡子》等传世。

这亭的落成，与岳飞被害只隔了六十六天，如果减去施工时间，则更为短促。亭边石上，刻有韩世忠那个神童儿子韩彦直十二岁时的书法：“绍兴十二年，清凉居士韩世忠因过灵隐，登览形胜，得旧基建新亭，榜名‘翠微’，以为游息之所，待好事者。三月五日，男彦直书。”

这表白多少有着此地无银三百两的况味，韩世忠和岳飞惺惺相惜，而翠微之名，便来自岳飞的《池州翠微亭》：

经年尘土满征衣，特特寻芳上翠微。
好水好山看不足，马蹄催趁月明归。

当时岳飞征衣满沾尘土，忙中偷闲去寻访池州翠微亭写下此诗，而韩世忠用“翠微”来命名此亭，让这一似乎是闲情逸致游玩山水的憩息之所充满了悲愤。其儿子所题写的题记中，最后一句“待好事者”更是有所指，大概是韩世忠希望有人来琢磨他建亭的目的和亭名的含义。

而此刻，辛弃疾和陈亮就是两个好事者，他们絮絮叨叨着当年北伐旧事，也有对时局的担忧和期待，而男儿胸中的豪气和相知的莫逆，更是让他们沉浸于对先行者的追思里。

两人相约，要践行岳飞和韩世忠不能实现的胸中抱负：北伐，收复中原。

数年后的南宋绍熙四年（1193），已过天命之年的陈亮决定参加平生最后一次科举考试，这是他第四次进考场。当时，光宗出的作文题有关孝道。因为光宗的病越来越严重，他经常不去向太上皇请安，搞得父子关系紧张。朝野上下就此大做文章，大多数臣子纷纷上书要求光宗按时朝拜太上皇。光宗对此十分不满，于是，这年科举殿试出了这道具有时事热点的题目。

考生大都是从孝道角度出发，给出肯定答案，而崇尚务实的陈亮从本心出发，这样回答：一年四次朝拜太上皇不过是做给别人看的，皇帝关键是把天下治理好，收复失地，是否朝拜已退休的前任并不重要。

这个答案让光宗正中下怀，于是钦点陈亮成了新科状元，并授建康军签判。可惜乐极生悲，陈亮在去赴任之前准备回乡一趟，不料意外中风后病逝。从后人的角度去看，这是心血管有问题的人在大悲大喜后呈现的病症。

辛弃疾长歌当哭，作文哭友说：“呜呼，人才之难，自古而然。匪难其人，抑难其天。”

他想起那一次冷泉亭相聚，点评了写西湖亭台楼阁浩如烟海的诗词之余，酒酣时，他忽有所悟，写下了一阕《满江红·题冷泉亭》，写完后当日是由陈亮唱出来的：

> 直节堂堂，看夹道、冠缨拱立。渐翠谷、群仙东下，佩环声急。谁信天峰飞堕地，傍湖千丈开青壁。是当年、玉斧削方壶，无人识。　山木润，琅玕湿。秋露下，琼珠滴。向危亭横跨，玉渊澄碧。醉舞且摇鸾凤影，浩歌莫遣鱼龙泣。恨此中、风物本吾家，今为客。

那个时候，陈亮还是布衣之身，阳光透过树叶，斑驳洒在他的身上。辛弃疾回想了一下，心绪颇为黯然，我们就像一个过客从那光中退出，留下一个影子，而陈亮提早了一点，留下那一刻，像一只风中摇摆的蝉蜕。

第三章　片心闲对云

元大德九年（1305）春，雨后青山妩媚，空气清新。三个儒生模样的人从灵隐寺走出，往天竺法镜寺一路行去。如果认识这三个人的士子，大抵会抑制不住激动之情，这都是一时的文坛翘楚。

三人年岁相仿：走在前面的那位面容清瘦的姓柳名贯，字道传，婺州浦江（今浙江兰溪）人；居中那位范梈，字亨父，人称文白先生，清江（今江西樟树）人；殿后的那位体态有雍容之姿的，就是宋丞相虞允文五世孙虞集，字伯生，号道园、邵庵，祖籍仁寿（今属四川），因迁崇仁（今属江西）而为崇仁人。

范梈、虞集和揭傒斯、杨载并称“元诗四大家”，而虞集又与揭傒斯、柳贯、黄溍并称“元儒四家”。

长啸一声群响答，又携青竹下岩幽

这三人一路说说笑笑，柳贯突然想起：“前面还可以看到苏东坡的墨宝题刻。”

虞集说：“三生石？”

三人去法镜寺，是去看望高僧释善住，这些时日其从江苏报恩寺云游来此，对西湖风光多有描述。虞集和他交好，多有唱和，和另外两人一说，这日便兴致勃勃上山了。

释善住前些时写的两首诗颇可称道，一首是《春日至钱塘阻雨奉寄山村先生》：

客窗灯暗曙钟残，泥潦从衡路未干。
满目云山留我好，一楼风雨见君难。
湖边雪尽梅应早，吴下春迟麦尚寒。
南渡耆英久寥落，岂知犹有故衣冠。

另外一首《登南高峰绝顶》更可见其悠然之心：

客心江水两悠悠，高阁闲登见越州。
细岭日斜樵子过，断崖壁立野泉流。
松根落石森兵卫，天际孤舟片叶浮。
长啸一声群响答，又携青竹下岩幽。

此时说到三生石，三人兴致大增，先没有进法镜寺大门，而是和门口的小沙弥说了一下，让他告诉释善住去三生石，说是有故人相约。三人从左边小路过了一座小桥，而后继续从杂草蔓生的小路上山，如此走了不久，一些形状各异的石头散在绿荫之中，此时已过清明，绿色有些深沉了。代表“前世、今世、后世”的三生石映入三人眼帘，高约十米，宽两米多，端详过去，既峭拔嶙峋，又有玲珑秀丽之感。“三生石”的大字和苏东坡的《僧圆泽传》碑文，以及唐宋之时的文人墨客的题诗石刻星罗棋布。

在宋时的《太平广记》中有关于这三生石的故事：

南北高峰云淡浓

相传唐代李源与洛阳惠林寺住持圆观（即圆泽）交好，两人约好同游峨眉山。

途中，有一孕妇在河边汲水，圆观于是和李源告别，说这个妇人孕他已三年，今天见到，就只能投胎转世了。他与李源相约，十二年后中秋月夜在杭州天竺寺外三生石旁再聚。

十二年后，李源如期赴约，但三生石边并没有圆观，正在失望，一个骑牛的牧童远远出现，并高唱："三生石上旧精魂，赏月吟风不要论。惭愧情人远相访，此身虽异性长存。""身前身后事茫茫，欲话因缘恐断肠。吴越溪山寻已遍，却回烟棹上瞿塘。"

李源知道，这牧童便是圆观转世，他上去攀谈，但牧童却茫然不知，问牧童所唱的歌是谁所授，牧童说有一天醒来就会唱了，好像记忆一般。

三人对这个故事自然都是知道的，而对这一类传奇，他们都有着先天的兴趣，那是对未知和神秘事物的好奇心，尽管儒家教诲的是“子不语怪力乱神”。

三人席地而坐，从苏东坡的石刻上，便说起流传下来的逸事。当年苏东坡知杭州时，和高僧佛印交好，又和当时的艺妓琴操交好，三人时常在一起诗文交流。有一日在这三生石前，佛印打了一个偈语，说，你们是我的前生和后世。琴操忽有所悟，便抛弃了这尘世繁华，去了临安玲珑山出家修行，而苏东坡作了《僧圆泽传》。

人，有没有前生和后世？话题从这里开始，三人便说到了这西湖边众多的诗僧和围绕天竺寺所写的诗。

始知世上人，万物一何扰

也许是西湖的钟灵毓秀，让在这里出家的僧人也沾染上了一些尘心，他们喜欢吟诗作词，舞文弄墨，而一些大文豪同样喜欢于他们交往，谈禅说法，诗里诗外，常常会透出机锋，比如白居易和苏东坡都是如此。

话题从苏东坡的一阕《减字木兰花》开始，苏轼自己在词序里说：“钱塘西湖有诗僧清顺，所居藏春坞，门前有二古松，各有凌霄花络其上，顺常昼卧其下。时余为郡，一日屏骑从过之，松风骚然，顺指落花求韵，余为赋此。”词云：

> 双龙对起，白甲苍髯烟雨里。疏影微香，下有幽人昼梦长。　　湖风清软，双鹊飞来争噪晚。翠飐红轻，时下凌霄百尺英。

虞集点评说，苏词豪迈，犹如大江东去，起笔“双龙对起”有拔地千寻、突兀凌云之势，是说两株古松如白甲苍髯的巨龙，写词之时应该是在傍晚，树下浓荫遮掩，而在凌霄花的微香里，一个大和尚在竹床上酣然大睡。而风从湖上吹来，似乎携带着水的清软和温柔，一对喜鹊在树上叽叽喳喳，仿佛世间的喧嚣，但这争吵能够打扰到佛家的幽静和超脱吗？

就像那花瓣，被风吹动，从枝蔓中脱落，轻盈地回到了大地之上。

虞集说到了苏东坡的词，范椁便吟诵了首苏东坡的诗《游灵隐寺得来诗复用前韵》：

君不见，钱塘湖，钱王壮观今已无。
屋堆黄金斗量珠，运尽不劳折简呼。
四方宦游散其孥，宫阙留与闲人娱。
盛衰哀乐两须臾，何用多忧心郁纡。
溪山处处皆可庐，最爱灵隐飞来孤。
乔松百尺苍髯须，扰扰下笑柳与蒲。
高堂会食罗千夫，撞钟击鼓喧朝晡。
凝香方丈眠氍毹，绝胜絮被缝海图。
清风徐来惊睡余，遂超羲皇傲几蘧。
归时栖鸦正毕逋，孤烟落日不可摹。

孤烟落日，这种意境想想都已是让人陶醉，且在此时，善住和尚已匆匆赶来，还带了两个小沙弥带着茶具和茶水。虞集大喜，打趣说：“你这名字取得好了，果真是住在了好地方。”

善住和尚年龄和他们相仿，也是三十多点，看着眉清目秀，有着脱落行迹的潇洒出尘。几个人寒暄过后，便说到此地，在香火鼎盛中又有隔世之幽。善住和尚说，其实不乏一些世俗之人，在蝇营狗苟之余，在此清幽之地，呼唤出他们的美好之念。

善住和尚举了两个最早为天竺一带寺院写诗的人，这两人都是鼎鼎大名，又偏生在某些品性上都遭人诟病，一个是宋之问，一个是崔颢。先说宋之问，其学问是一时之选，但为人轻佻，为上位谄事张易之、张昌宗兄弟，以献媚武则天，又谄事武三思和安乐公主。唐景龙三年（709），他曾下迁越州长史，写过一首《灵隐寺》："鹫岭郁岧峣，龙宫锁寂寥。楼观沧海日，门对浙江潮。桂子月中落，天香云外飘。扪萝登塔远，刳木取泉遥。霜薄花更发，冰轻叶互凋。夙龄尚遐异，搜对涤烦嚣。待入天台路，看余度石桥。"

"楼观沧海日，门对浙江潮"，这一句更是成为后世引用频频的名句。而崔颢，一首《黄鹤楼》让他声誉鹊起，但年轻时他有寡人之疾，诗作"多写闺情，流于浮艳"，而"娶妻唯择美者，俄又弃之，凡四五娶"，但这个其实是欲加之罪，谁娶妻愿意娶个无盐而不是美娇娘？再娶的原因也有很多。后来阅历有了，到大唐的边塞去游历了一圈后，诗风大变，雄浑奔放，风骨凛然，在杭州写的《游天竺寺》诗清疏高旷。但世人多人云亦云，在众口铄金下，崔颢的人设被拉到极低，而善住和尚是宽容的，佛门有容乃大，他对崔颢的这首诗十分推崇：

晨登天竺山，山殿朝阳晓。
崖泉争喷薄，江岫相萦绕。
直上孤顶高，平看众峰小。
南州十二月，地暖冰雪少。
青翠满寒山，藤萝覆冬沼。
花龛瀑布侧，青壁石林杪。
鸣钟集人天，施饭聚猿鸟。

洗意归清净，澄心悟空了。
始知世上人，万物一何扰。

善住和尚说到了唐诗，崔颢的这一句“始知世上人，万物一何扰”，引发了座中人的共鸣，遥想当年崔颢写诗之时，内心或许也是别有所指。虞集说，李白当年看到崔颢在黄鹤楼上的题诗就不再动笔了，不过天竺寺，李白却是写了两首的，一首是《送崔十二游天竺寺》：“还闻天竺寺，梦想怀东越。每年海树霜，桂子落秋月。送君游此地，已属流芳歇。待我来岁行，相随浮溟渤。”还有一首是《与从侄杭州刺史良游天竺寺》：“挂席凌蓬丘，观涛憩樟楼。三山动逸兴，五马同遨游。天竺森在眼，松风飒惊秋。览云测变化，弄水穷清幽。叠嶂隔遥海，当轩写归流。诗成傲云月，佳趣满吴洲。”

虞集说：“这两首诗并非李白的顶尖之作，但依然可以看出李白诗作的那种万千气象。”

唐时诗人到杭州时，大抵都会游历天竺寺，也会留下诗，像白居易为天竺寺写的很多诗都已经让人耳熟能详，而善住和尚倒是喜欢一个名声不显的诗人严维的一首小诗。当时，严维和天竺寺的道林和尚交好，有一晚两人聊得迟了，就住在天竺寺里，第二天告别时口占一绝《宿天竺寺》：

方外主人名道林，怕将水月净身心。
居然对我说无我，寂历山深将夜深。

有诗行已久，何必上传灯

此时，有蝴蝶飞过，翩跹如梦。想起庄周梦蝶的典故，虞集忽道：“三生石前，我们的前世会是谁？会有过交集吗？”

在座的三俗一僧此时年龄都在三十五岁上下，对人世已有足够的见识，闻听下都有些恍惚。也许，人不一定是在轮回中，但精神上的轮回却是一定的。

比如僧俗之间的友谊，在气息上的共鸣那是一定的。虞集看看善住和尚，他们的前世，会不会就是白居易和韬光，又或者是苏东坡和辩才、佛印？又或者是芸芸众生中的投契者。

白居易这样写他和高僧之间的友谊，《天竺寺送坚上人归庐山》：“锡杖登高寺，香炉忆旧峰。偶来舟不系，忽去鸟无踪。岂要留离偈，宁劳动别容。与师俱是梦，梦里暂相逢。”

和白居易同时代的权德舆在《戏赠天竺灵隐二寺寺主》中说：“石路泉流两寺分，寻常钟磬隔山闻。山僧半在中峰住，共占青峦与白云。”

同样是中唐时新乐府运动的支持者和推动者张籍在《宿天竺寺寄灵隐寺僧》中写：“夜向灵溪息此身，风泉竹露净衣尘。月明石上堪同宿，那作山南山北人。”

张祜在《秋夜宿灵隐寺师上人》中写：“月色荒城外，江声野寺中。贫知交道薄，老信释门空。露叶凋阶藓，风枝戛井桐。不妨无酒夜，闲话值生公。”

“武功体”的代表诗人姚合在《送僧贞实归杭州天竺》中写：“石桥寺里最清凉，闻说茆庵寄上方。林外猿声连院磬，月中潮色到禅床。他生念我身何在，此世唯师性亦忘。九陌相逢千里别，青山重叠树苍苍。”

唐代的这些诗人大抵生活在中唐向晚唐过渡时期，和诗僧的关系都很是密切，这大概是一种在特定时期寻找内心安宁的力量。很多时候，我们常常会借助于信仰来安抚人世的创伤。

到了北宋初年，天下大定，即使是写天竺寺，也与之前所写有了细微的区别。比如以敢言直谏著称的田锡，在《题天竺寺》中这样写：“三月杨花扑马飞，联镳来款白云扉。湖边钟磬含清籁，树杪楼台霭翠微。野景留人狂欲住，春光啼鸟劝思归。萋萋芳草重回首，十里松门照落晖。”

而以孙赵抃贵，追赠司徒的赵湘，游览天竺寺后写了一首《登天竺灵隐寺上方》：“寺高传绝顶，一到即忘机。夜月逢僧早，秋云出树微。磬边岩狖过，窗外海雕飞。欲下莓苔磴，题名却惜归。”

到了北宋中期，辅助苏轼疏浚西湖的通判杨蟠与灵隐寺的高僧契嵩、惟晤等相互酬唱，编为《山游唱和诗》一卷。他的诗平和冲淡，如在《游灵隐遇雨呈普慈及二诗翁》中写：“山老未容山客去，故将云阵锁山门。雨催晚色凝诸岭，雷送春声落后村。今夜青林妨月上，故人白首把诗论。来朝山水终弥泛，策杖相随讨涧源。”

而知杭州时引凤凰山的泉水入城的苏颂邂逅诗僧时这样写《逢钱塘诗僧》：“把手忽相逢，开谈究诗义。子虽浮屠流，乃抱风骚志。钱塘佳山水，一一助清思。何处最堪怀，飞来峰下寺。”

虞集望着善住和尚在春光中分外锃亮的脑袋，起了打趣之心，问：“如果真有前世今生，那么大师是哪一位高僧转世？”

善住和尚呵呵一笑，用贞元年间皎然大师的《界石守风望天竺灵隐二寺》来回答虞集等人："山顶东西寺，江中旦暮潮。归心不可到，松路在青霄。"皎然与文人墨客交往甚密，诗写得情致闲适，语言简淡。宋严羽在《沧浪诗话》中说："释皎然之诗，在唐诸僧之上。"

打个招呼，善住和尚又吟诵了首唐末"会稽二清"之一的诗僧清江的《送坚上人归杭州天竺寺》："十年劳负笈，经论化中朝。流水知乡近，和风惜别遥。云山零夜雨，花岸上春潮。归卧南天竺，禅心更寂寥。"

本我而非我，方知我是我。善住和尚实际上打了个机锋，我可以是这个他，也可以是那个他，唯有禅心在寂寥中的修行是不变的。就像天台宗山外派的高僧，与处士林逋为友的智圆在《游灵隐山》中所写的："峭壁侵霄极，灵踪不厌寻。闲思曾有梦，归隐岂无心。绝壁烟霞丽，幽岩洞穴深。那堪思慧理，残日白猿吟。"

但也有些高僧并非是一味我们想象中的那种清风霁月，在苦节厉行中同样有着大慈悲之怀，比如曾到杭州谒见钱镠，留下"满堂花醉三千客，一剑霜寒十四州"的"禅月大师"贯休，思念灵隐寺时写了这样的诗句："罢郡归侵夏，仍闻灵隐居。僧房谢朓语，寺额葛洪书。月树猕猴睡，山池菡萏疏。吾皇爱清静，莫便结吾庐。"

范椁、虞集和柳贯暗暗点头，大道之行在于传承，"前世、今世、后世"轮回是一种想象，最主要的是精神上的传承，这大概是此中有真意吧。

柳贯讲起他的方外之交，他们这个时代的诗僧释英，有一日登径山时，听到钟声悠扬传至，敲击他的耳朵时忽有所悟，遂结茅天目山中，并落发剃度为僧，世称白云上人。释英在《重游净慈忆沅禅师》中讲到了这种精神上的追忆和联结：

慧日峰前阁，重来百感增。
空存黄面老，不见白头僧。
道偈书犹在，埋铭刻未曾。
有诗行已久，何必上传灯。

柳贯颇有追慕之色，说，可惜释英只在云深不知处，近年不曾听到他的消息，偶有片言只语传至，高人已经心无挂碍，去留无定了。

四人忽不胜感慨，从来中来，到去中去，三生石前论因果，那么此番相聚，聚散浮云，倒是像宋时陈尧佐在《游湖上昭庆寺》里所说的："湖边山影里，静景与僧分。一榻坐临水，片心闲对云。树寒时落叶，鸥散忽成群。莫问红尘事，林间肯暂闻。"

三生石上旧精魂，邂逅相逢莫重论

许多年后的元泰定五年（1328），虞集已是翰林直学士、奉议大夫、知制诰、同修国史，兼任经筵官，进阶奉政大夫。这一日，泰定帝下旨让虞集再兼国子祭酒。

作为一个文臣，已到了人生的巅峰，但虞集内心并无雀跃，殊无喜悦，这一日在书房中翻到蔡襄和苏轼在三生石题刻的拓本时，忽想到那个春日在三生石前的雨后论道。

那日别后，当时在座各人也各有际遇。

善住和尚此时已经圆寂，传说他把自己关闭在一屋，

东南佛国

日夜念佛，临终时，异香满室，让善男信女们啧啧赞叹。

柳贯在泰定元年（1324）擢升为太常博士，凡朝廷大典，必酌以古今而论定。到了泰定三年（1326），出任江西儒学提举，时人广泛推崇他为一时文脉，称之为“文场之帅，士林之雄”。而明朝开国文臣之首宋濂正是柳贯的得意门生。

范梈早已从御史台提升为福建闽海道知事，却一直上书朝廷请辞，其原因是他在外做官，不能侍奉年老多病的母亲，但没有得到批准。在和虞集的书信往来中，范梈言辞间颇为郁闷。虞集不知道的是，到了第二年（1329），当朝廷任范梈为湖南岭北道廉访司经历时，他因母亲病重拒不赴任，在这一年范母病亡后，范梈抑郁成疾，于次年病逝，终年五十九岁。

即便不知后事，对这个痴人，虞集心有戚戚。他想起那日三生石前的畅叙，以及各人的性情遭际，思索良久，提笔写下了后来辑录为《题蔡端明苏东坡墨迹后》四首中的一首：

> 三生石上旧精魂，邂逅相逢莫重论。
> 纵有绣囊留别恨，已无明镜着啼痕。

第四章　无物结同心

明崇祯十四年（1641）四月，惠风和畅，阳光斑驳。碧波荡漾间，西湖里那艘著名的芙蓉舫这一天张灯结彩，透着浓浓的喜庆。靠近西泠桥这边的岸上，也簇拥着熙熙攘攘的人，其中有一些看着就是读书人，但他们的脸色看起来并无喜气，看着缓缓而行的芙蓉舫，甚至有一些愤慨和恼怒。

这一天，是当时享有盛名的江左三大家之一的钱谦益迎娶秦淮八艳之一柳如是的大好日子，这芙蓉舫正是当日接柳如是过门的花船。钱谦益和柳如是结婚的这个消息之所以轰动江南，不仅仅是两人年龄相差三十六岁的悬殊，更是因为钱谦益是以娶正妻的仪式迎娶柳如是，这让多年受朱熹思想教育的读书人大感荒谬，觉得钱谦益背离礼法名器，伤风败俗。而这之前，作为江南名士和东林党领袖之一的钱谦益声誉卓著，于是他们把这归咎为柳如是的红颜祸水。

这与当时的社会习俗和道德标准相关，士大夫出入青楼、狎妓纳妾等都是寻常风流事，但以对待嫡妻的礼仪迎娶妓女，在他们眼里简直人神共愤。

今日一灯方丈室，散花长侍净名翁

在芙蓉舫靠近湖边之时，不知道是谁起了个头，菜叶、土疙瘩、石头、瓦砾等秽物砸向画舫，引起船工一阵叫骂。而后，画舫划向湖心，岸上的人兀自愤愤不平。

芙蓉舫内却是另外一番景象，花甲之年的钱谦益人逢喜事精神爽，而盛装的柳如是人比花娇。在芙蓉舫中参加婚礼的都是两人的好友知交，像钱柳之合的证婚人程嘉燧，江南才子冒辟疆、江浩，柳如是的小姐妹董小宛等，才子佳人满船，自然是说些诗文趣事。

柳如是一时间心神荡漾，提笔在画舫的几案上写了一首诗。这是前些时已经定稿的《西陵十首》中的第一首：

西泠月照紫兰丛，杨柳丝多待好风。
小苑有香皆冉冉，新花无梦不蒙蒙。
金吹油壁朝来见，玉作灵衣夜半逢。
一树红梨更惆怅，分明遮向画楼中。

钱谦益展颜一笑，在柳如是放下笔后接了过去，续写《西陵十首》中的第二首：

灯昏月底更伤神，马埒随风夜拂尘。
杨柳已成初雁恨，桃花犹作未莺春。
青骢点点余新迹，红泪年年属旧人。
芳草还能邀风吹，相思何异洛桥津。

柳如是望着这个男人，花甲之年的男子当然已经谈不上英俊了，有的是岁月雕刻后的沧桑和从容，但那具身体里的激情依然。柳如是知道，这个男人把她宠溺到了骨子里，为了给她一场风风光光的婚礼，他冒着大不馗以嫡妻礼仪相待，并且为筹措婚礼的钱财，把自己珍藏多年的宋刻《汉书》售出。

“买回世上千金笑，送尽平生百岁忧。”钱谦益的这两句诗大抵是他的心声。

湖光山色入眼，柳如是吟诵起了钱谦益的诗：

潋滟西湖水一方，吴根越角两茫茫。
孤山鹤去花如雪，葛岭鹃啼月似霜。
油壁轻车来北里，梨园小部奏西厢。
而今纵会空王法，知是前尘也断肠。

董小宛扑哧一笑，带着一点戏谑，吟诵了钱谦益这组诗中的另外一首。董小宛歌喉婉转透亮，而熟悉的朋友们都知道，这诗是写给柳如是的：

西泠云树六桥东，月姊曾闻下碧空。
杨柳长条人绰约，桃花得气句玲珑。
笔床砚匣芳华里，翠袖香车丽日中。
今日一灯方丈室，散花长侍净名翁。

钱谦益、柳如是四目相对，似有无限默契。想到相识之初，柳如是并无这等奢望，此时天气晴朗，视线极好，在眼角的余光里，苏小小墓隐约可见，两人诗中用的油壁轻车的典故，也正是来自苏小小。柳如是内心有一个声音告诉自己，此时，她终究是摆脱了苏小小的宿命。

何处结同心，西陵松柏下

三年前，那一日也是在湖上，初见。

何处最堪怀，飞来峰下寺

钱谦益所见到的柳如是“幅巾弓鞋，着男子服，口便给，神情洒落，有林下风”（《河东君小传》）。这种英姿飒爽的形象在当时并不多见，钱谦益一下便被迷住了。在这之前，对柳如是的文才他早已膺服，他和程嘉燧结伴去拜访杭州名妓草衣道人，被桌上便笺上的一首小诗所吸引：

垂杨小院绣帘东，莺阁残枝未思逢。
最是西泠寒食路，桃花得气美人中。

草衣道人见他看得细致，说：“这诗还看得过眼？”她说写者正好在杭州，是鼎鼎大名的秦淮河柳如是。

对八艳的声名，钱谦益也早有耳闻，而程嘉燧是见过柳如是的，说美好不可亵渎，诗文俱佳，对时事的见解独到，大有巾帼不让须眉之势。

有意无意之间，程嘉燧和草衣道人让柳如是的倩影投射在了钱谦益的心中，尽管他还没有见过柳如是的本尊，但有着渴欲一见的念想，于是便有了第二天的湖上泛舟之约。

恰好，黄宗羲和江浩也在，这一行人在画舫煮酒论诗，不亦快哉。

苏小小的话题便是舟过西泠桥时说起的，蝶公子江浩的目光追随着湖水之上的一只翩跹之蝶，曼声吟诵了无名氏的《钱唐苏小歌》：

妾乘油壁车，郎骑青骢马。
何处结同心，西陵松柏下。

这首南齐时的诗，说的便是歌妓苏小小的故事，西陵即孤山之西的古渡口，所谓“西村唤渡处”，也就是画舫经过的西泠桥一带。

黄宗羲读书广博，对元稹、白行简等人开创的唐传奇故事颇多涉猎，此时他年龄尚轻，颇有顽皮之念，看着舫中诸人，起了捉弄的念头，指指苏小小墓的方向，说：“前些时我路过此处，风大雨急，天色晦暗，耳朵里忽传来缥缈之音，如泣如诉。抬眼看，墓上穹顶，烟雾萦绕，似有裙角飘荡。”

草衣道人被他的绘声绘色说得毛骨悚然，不由向柳如是靠去，柳如是却是胆大的，慧黠一笑，说：“这不是唐人李贺的《苏小小墓》吗？”她低声轻诵：

幽兰露，如啼眼。无物结同心，烟花不堪剪。草如茵，松如盖。风为裳，水为佩。油壁车，夕相待。

冷翠烛，劳光彩。西陵下，风吹雨。

李贺的这首诗写得幽森冷艳，字里行间弥漫了萧瑟之气，情之何物，在这首诗里犹如一阵风吹袭到每个人的心里：诗由景起兴，凄迷的景象，让苏小小的魂灵飘飘忽忽、若隐若现，前两句写苏小小的容颜，但只是抓了一个细节，她的泪水凝眸如兰花叶片上欲滴的露珠，又写得阴气森森，哀怨悱恻。而在李贺的眼里，绿草是苏小小的茵褥，青松是苏小小的车盖，春风是苏小小飘飘的衣袂，流水是苏小小环佩的声响。而那辆油壁车，依然等待着她坐上去赴约。这个形象是多么的欢快和幸福啊，但和前两句连在一起，徒增哀怨。

苏小小是被困在时间里了吗？好像一直在重复这种等待，到了夜色降临，鬼火摇曳，魂灵飘忽，风吹动着雨，雨落在这阴沉的人间。“无物结同心，烟花不堪剪。”柳如是重复念叨着这两句，神色间颇有经历带来的抑郁之气。

苏小小的故事流传极广，她的形象最早出现于《玉台新咏》，她是南齐时名满钱唐的歌妓，才貌俱佳，而且家学渊源，其先祖在东晋朝堂为官，而晋失其鹿后，举家颠沛流离，最后流落到钱唐。苏家利用随身携带的金银珠宝做买卖，到了苏小小父母这一代，已成为当地的富商巨贾。优渥的生活条件让聪明灵慧的苏小小深受熏陶，自小能书善诗，文才横溢。

但人有旦夕祸福，在苏小小十五岁时，疼她爱她的父母双双因病谢世，苏小小变卖了城中家产，带着乳母贾姨移居到城西的西泠桥畔。大抵在那个时候，为了生计，苏小小开门纳客，而很多文人名流慕名造访，甘愿拜倒在石榴裙下的犹如过江之鲫，苏小小却死心塌地地爱上了阮郁。

阮郁是名门公子，在你侬我侬时，两人形影不离如胶似漆。江浩所吟诵的无名氏的那首诗写的就是这个场景，让当时的无数人羡慕。而后面的故事可以想见，这是一个世俗的社会，偏见和歧视必不可少，而阮郁并非苏小小的骑士，他没有那种勇敢和决绝，在家人的反对下，阮公子抽身远遁。之后苏小小忧郁成疾，缠绵于床榻。

苏小小能够被千古传颂还在于她的善良，在这以后她又偶遇穷书生鲍仁，去赶考却没盘缠，苏小小动了侠义心肠，孱弱的身体有着慷慨的侠气，解囊相助，使鲍仁赴考成行。而苏小小在次年春上受风寒后咳血而死，年仅十九。

这也是让柳如是所激赏的，在她和顾横波、董小宛、卞玉京、李香君、寇白门、马湘兰、陈圆圆等交好的姐妹们说起时，无不感佩于苏小小的侠义之气。时值乱世，柳如是和她们后来都各有际遇，和苏小小一样，也成为传说中的人物。这是后话，且按下不表。

苏小小病故，她所资助的穷书生鲍仁却从低处起飞，赴考后金榜题名，后出任滑州刺史，赴任时路过钱塘，专程到西泠桥畔答谢苏小小，岂料赶上的是她的葬礼。鲍仁抚棺大哭，并将她葬于离西泠桥不远的山水极佳处，墓前立石碑，上刻“钱塘苏小小之墓”。

这些故事真真假假难以分辨，但早已为人们所耳熟能详，大抵文人墨客心里都住着一个苏小小，她是美好的，也是哀婉和忧伤的，而柳如是和草衣道人对此更有感触。毕竟，她们的处境和苏小小相近，纵有万千风情，但躲得过岁月的捉弄吗？

震惊于柳如是的容颜和气质，一直没有出声的钱谦益这时活了过来，他吟诵的是李贺的《七夕》：

别浦今朝暗，罗帷午夜愁。
鹊辞穿线月，花入曝衣楼。
天上分金镜，人间望玉钩。
钱塘苏小小，更值一年秋。

吟诵之时，他看着柳如是，内心是期待的："钱塘苏小小，更值一年秋。"美人能够颠倒岁月，犹如人世间的草木一秋，枯荣之间，她就是那道光。两个人的对望在盈盈一水间。

一自檀郎逐便风，门前春水年年绿

一个苏小小，便能有千种形象。红袖添香中，几杯温好的浊酒下肚，众人打开了话匣子，形成了一个小小的斗诗雅聚，斗的当然是诗，都是和苏小小有关的。

草衣道人举的例子是唐末诗人罗隐的《苏小小墓》：

魂兮檇李城，犹未有人耕。
好月当年事，残花触处情。
向谁曾艳冶，随分得声名。
应侍吴王宴，兰桡暗送迎。

当时罗隐在吴越王钱镠手下为官，感慨像苏小小这样秀外慧中的女子，应该出没于盛世欢宴，而不是辗转凋零。江浩对罗隐的这首诗不以为然，说："此诗俗套，俗不可耐。"

江浩傲岸自得，对与他遭际颇为相似的中唐诗人张祜极为推崇，而张祜写过多首和苏小小有关的诗，江浩举的是张祜写苏小小与情郎分手情景的《苏小小歌》：

车轮不可遮，马足不可绊。
长怨十字街，使郎心四散。

由爱而迁怒于物，苏小小一心想留住情郎的炙热情感在文字中触手可及。江浩一声长叹，又自斟自饮了一杯，又吟了张祜《题苏小小墓》的几句诗："……夜月人何待，春风鸟为吟。不知谁共穴，徒愿结同心。"

芳踪渺渺，让人浮想联翩，黄宗羲吟了唐代诗人权德舆的《苏小小墓》：

万古荒坟在，悠然我独寻。
寂寥红粉尽，冥寞黄泉深。
蔓草映寒水，空郊暖夕阴。
风流有佳句，吟眺一伤心。

唐人胸襟开阔，就像他们写的苏小小，也大抵在平视的角度上，柳如是这回举的例子是温庭筠写的《苏小小歌》，一样惆怅哀婉：

买莲莫破券，买酒莫解金。
酒里春容抱离恨，水中莲子怀芳心。
吴宫女儿腰似束，家在钱唐小江曲。
一自檀郎逐便风，门前春水年年绿。

柳如是眼波间春水荡漾，似有对年华的无限感慨，年年岁岁花相似，但人归何处，这言辞间便有了无端的惆怅。

钱谦益这时吟诵起了白居易的《杭州春望》：

望海楼明照曙霞，护江堤白踏晴沙。
涛声夜入伍员庙，柳色春藏苏小家。
红袖织绫夸柿蒂，青旗沽酒趁梨花。
谁开湖寺西南路，草绿裙腰一道斜。

他说："白乐天对苏小小有着真正的理解，似乎是把她当作了邻家小妹，后来在《杨柳枝词》中也写道：'苏州杨柳任君夸，更有钱塘胜馆娃。若解多情寻小小，绿杨深处是苏家。'"

黄宗羲拍手漫歌："杭州苏小小，人道最夭斜。"这也是白居易的诗句，《和春深诗二十首》中的两句。白居易对于明眸善睐的女子一向温和，在他所处的中唐时代，诗人骚客灿若星辰，但像白居易这样无所顾忌地把这些歌姬的名字写入诗行的并不多。或许在内心，他把这些歌女当作了平等的个体，甚至于是在艺术上的志同道合者，比如商玲珑、谢好、陈宠、沈平、李娟、张态这些同时代歌妓的芳名，都在他的诗行中出现，而得以在时间中流传。

程嘉燧说："我等江南人，大约是把苏小小当作是亲人的，就像韩翃在《送王少府归杭州》所写的：'归舟一路转青蘋，更欲随潮向富春。吴郡陆机称地主，钱塘苏小是乡亲……'"

当时柳如是一笑，她感觉到了钱谦益看她时那种目光的重量。

花落花开，不管流年度

三年前的画舫在湖中漂荡，和今天的有些相似，仿佛时间并没有流逝。不知道是谁在酒后说到了时局，气氛有些压抑，于是有人提议，不如继续斗诗词吧。

“古木寒鸦噪夕阳，六朝遗恨草茫茫。水如香篆船如叶，咫尺西陵不见郎。”这是北宋沈括的《苏小小墓》。

“槐荫庭院宜清昼，帘卷香风透。美人图画阿谁留，都是宣和名笔内家收。 莺莺燕燕分飞后，粉浅梨花瘦。只除苏小不风流，斜插一枝萱草凤钗头。”这是金代元好问的《虞美人·题苏小像》。

“小小仙踪去不还，空标遗冢落人间。钱塘门地家何在，回首临平隔断山。”北宋张伯玉这样凭吊苏小小墓。而宋元之际林景熙这样写：“歌扇风流忆旧家，一丘落月几啼鸦。芳魂不肯为黄土，犹幻燕支半树花。”

一船人你方说完我登场，钱谦益突然拍手示意大家安静片刻，说：“我们玩个游戏吧，我起头，先吟一首和苏小小有关的诗，你们说它的作者，说出了，我自罚一杯。”

钱谦益特别看了一眼柳如是，吟道：“同心难结绣云长，红玉沉泥草亦香。娇魄年年寒食节，定应湖上作鸳鸯。”

似是心有灵犀，柳如是张口就说，这是南宋的月洞先生王镃所写。钱谦益会心一笑，举杯饮下杯中酒。

柳如是眼波流传，说：“那我也吟一首大家猜：‘苏小门前花满株，苏公堤上女当垆。南官北使须到此，江南西湖天下无。’”

黄宗羲略作沉思后说，这是前朝杨维桢的《西湖竹枝词》，多了苏小小旧踪和湖光山色相映成趣的景致，洒脱。柳如是抿了一口酒，有着不胜酒力的风情。

黄宗羲吟的是：“西陵桥，水长在。松叶细如针，不肯结罗带。莺如衫，燕如钗。油壁车，斫为柴。青骢马，自西来。昨日树头花，今朝陌上土。恨血与啼魂，一半逐风雨。”

江浩一笑，示意黄宗羲把酒喝了，说：“本朝袁宏道的《西陵桥》。”

然后，略微想了想，说：“我也给大家猜一个，听好了：‘一抔苏小是耶非，绣口花腮烂舞衣。自古佳人难再得，从今比翼罢双飞。薤边露眼啼痕浅，松下同心结带稀。恨不颠狂如大阮，欠将一曲恸兵闱。’”

程嘉燧鼓掌说：“徐渭的手笔。”

……

那一日过得飞快，不觉就到了金乌下坠时分，虽有不舍但也到了告别之际。柳如是记得分别之前，钱谦益说了一个故事，是北宋司马槱知杭州时的一段旧闻，说恍惚一日，司马槱入眠后，梦见一江南柔婉女子，一夕欢好，临别之际，女子唱诵一阕《黄金缕》。而从梦中醒来，司马槱赶紧记下了这阕词：

妾本钱塘江上住，花落花开，不管流年度。燕子衔将春色去，纱窗几阵黄梅雨。　斜插犀梳云半吐，檀板轻敲，唱彻黄金缕。梦断彩云无觅处，夜凉明月生南浦。

当时钱谦益那种失落之感溢于言表，柳如是也是茫然若失。好在现在，我们都不会从这个梦中醒来了。南宋康与之的那首词倒是符合此刻情境："南高峰，北高峰，一片湖光烟霭中。春来愁杀侬。　郎意浓，妾意浓，油壁车轻郎马骢。相逢九里松。"（《长相思·游西湖》）但康与之依附于秦桧，其为人却是柳如是看不上的。

柳如是笑意盈盈，如这阳光下明媚的湖水。

西泠月照紫兰丛，杨柳丝多待好风

西湖之上的泛舟欢聚后，到了 1640 年，柳如是去了钱谦益在常熟的居住地半野堂拜访。钱谦益喜出望外，也深感柳如是的勇敢和深情。

在柳如是走后，钱谦益以"如是我闻"①之名另筑一"我闻室"，以呼应柳如是之名。之后，两人便常常结伴徜徉于湖光山水，诗酒做伴。

转年，也就是崇祯十四年（1641），柳如是感钱谦益的深情，愿嫁给钱谦益，这才有了当年西湖上的这一场婚礼。

钱谦益娶柳后，在虞山盖了壮观华丽的"绛云楼"和"红豆馆"，颇有神仙眷侣的意味，而钱谦益也足够尊重柳如是，吩咐家人一律叫"夫人"，不得称为"姨太"，自己则敬称柳如是"河东君"。但造化弄人，此后清兵入关，柳如是欲约钱谦益溺水殉国，钱谦益的"水太冷，不能下"成为千古笑谈，而柳如是"奋身欲沉池水中"，却给钱谦益救回。

之后钱谦益降清，后又在柳如是的鼓动下抗清，这

① 佛教经书结集常以此词起头，其意为叙述诸沙门共同聆听释迦牟尼佛开示。

西泠月照

些是是非非及他在明清政权更替中的表现，被世人及后人争论不止。而柳如是的存在，让人们对钱谦益的厌憎淡了许多，因为这个女子的明亮和大义。但此时的柳如是不知道的是，她终究没有逃过苏小小的那种噩梦。

在 1664 年，八十三岁高龄的钱谦益故去后，柳如是不堪钱谦益族人的欺负，自缢追随钱谦益而去。

迎娶柳如是的花船离西泠桥渐远，春光烂漫，此刻的柳如是是喜悦的，她的抱负实现了，嫁一个“博学好古，旷代逸才”男人的愿望实现了，而她的结局，似乎也是她早已预见的：天下有一人知己，死且无憾。

“西泠月照紫兰丛，杨柳丝多待好风。”如此。

第五章 西子湖头有我师

“我年适五九，复逢九月七。大厦已不支，成仁万事毕。”

张煌言（号苍水）口占一绝，此年他四十五岁，看着有些憔悴，宛如老农。仰望着牢房高墙上那狭小的窗户，似乎笨重的枷锁没能锁住他心中的执念，但吟出这首诗后，往后数日，张煌言再不出一声，像一个影子飘忽在幽暗之中。

高坟武穆连忠肃，添得新祠一座无

清康熙三年（1664）九月七日，天尚未亮，杭州的监狱突然一片闹腾。脚步声越来越近，张煌言知道大限将至，心头一片安谧，这也是求仁得仁。当被押解着走到户外之时，内心却有些恍惚和难受，和他一同从花岙岛被捕的部属罗子木、侍僮杨冠玉等人，也都在这日的受刑行列中。

尤其是杨冠玉，是昔日一个流浪儿，张煌言遇见他后，就把他带在身边，视若己出，如今也才十五岁，有了一点男子汉的彪悍之气。杨冠玉倒是镇定，看到张煌言时，甚至露出了天真的微笑。

行刑的地点在弼教坊，就是在现在的平海路东端与中山中路交界处南侧一带。宋室南渡后，置睦亲宗学于此，地名睦亲坊，俗称狗儿山巷[①]。

清廷选择在此处行刑，而不是在郊外的松木场一带，主要是想起震慑的作用，毕竟零星的反抗还在继续。但选择此地，倒是合了张煌言的心意。张煌言在花岙岛时，写过一首《忆西湖》，如今来看，仿佛是一诗成谶：

梦里相逢西子湖，谁知梦醒却模糊。
高坟武穆连忠肃，添得新祠一座无。

此时天光渐亮，张煌言有如回家或赴宴时的从容，枷锁和脚链浑如无物。他抬头举目，吴山就在眼前。早晨的空气湿润，能够听到鸟雀的啁啾，而空气里飘荡着桂花的香味，仿佛是一种久远的记忆。

眺看吴山，张煌言一声叹息："大好江山，可惜沦于腥膻！"

这一路行去，围观者已经塞满道路两侧，有对张煌言一行同情和钦佩的，也有对他们的行为表示不解的。人为刀俎，我为鱼肉，这天下大势浩浩荡荡，螳臂当车能够成功吗？

也有人看着张煌言瘦弱的模样，看不出朝廷文告中所说的"凶神恶煞"，这样一副用手推一下都能倒下去的皮囊，怎么可能会藏着一个狰狞的魔鬼？不过看他旁若无人的样子，倒是有席卷一切的气度。

① 民间有岳飞冤死后，被狱卒葬尸于狗儿山螺蛳洞一说。

张煌言且行且看，密密麻麻簇拥着的人群里，偶尔有故交好友，他知道他们是来为他送行的，几乎是微不可察地点点头。实际上，早在数年前，他已知道大势不可逆转，这也是他解散了抵抗军的根源。但这个世间，总要留下一些固执的人吧，像是一团冷火，冰化了，这火便会燃烧起来。

到了行刑地，一溜十余人环绕着排开，张煌言作为首犯，当然是排在第一个。刽子手上前，欲按着张煌言跪下受戮，但一下子按不下去，张煌言的倔强气已经上来。刽子手还待用强，监斩官内心佩服，示意不必，按照张煌言自己的意思吧！

张煌言突然想起顺治三年（1646）绝食而死的王思任，他的两首《吊于忠肃祠》从脑中翻腾而过，张煌言默默诵读：

涕割西湖水，于坟望岳坟。孤烟埋碧血，太白黯妖氛。
社稷留还我，头颅掷与君。南城得意骨，何处暮杨闻。

一派笙歌地，千秋寒食朝。白云心浩浩，黄叶泪萧萧。
天柱擎鸿社，人生付鹿蕉。北邙今古讳，几突丽山椒。

岳坟、于坟之后，让西湖之侧再添一座张坟吧。

张煌言整整身上的衣服，席地坦然坐下，恍如一尘不染的模样，甚至有微微的笑意，闭上眼，轻声说：“来吧！”

万古知心只老天，英雄堪恨复堪怜

刀光闪处，杨冠玉的泪水夺眶而出，他并不害怕，但有说不出的难受。如果不是遇上张煌言，杨冠玉本来早已经是往生极乐了，在九岁那年，身为流浪儿的他又饥又渴，昏倒在路边，正是路过的张煌言救了他。

张煌言不仅给了他一口饭吃，还教他读书识字，教他做人的道理。

杨冠玉记得，有一回随张煌言潜入敌后，就在这吴山之上，到伍子胥祠，当时同行的还有宁波万斯大和大和尚超直等人。

在伍子胥塑像面前，众人恭恭敬敬地上了三炷香，张煌言吟诵了一首诗：

江上胥山古木阴，祠堂气象亦萧森。
江云不散忧君色，山月犹明死国心。
迁史简编今断缺，吴人牲酒日肥深。
鄙怀异代悲忠烈，一拜威灵泪满襟。

这是北宋庆历六年（1046）进士，后官至三司户部判官强至的《题吴山伍子胥祠》。

那一日坐在伍子胥祠旁，杨冠玉伺候在一旁，张煌言、万斯大、超直和尚等人谈笑风生，大丈夫自当慷慨。在杨冠玉的记忆里，那也是张煌言不多的几次悠闲之时，之后大抵是戎马倥偬。

说到世人的抉择，张煌言用了瞿佑（1341—1427）写的《题伍胥庙》来说：“一过丛祠泪满襟，英雄自古少知音。江边敌国方尝胆，台上佳人正捧心。入郢共知仇已雪，沼吴谁识恨尤深。素车白马终何益，不及陶朱像铸金。”

身后事谁也不知道，而人们总是趋利的。

遥指西湖岳庙方向，张煌言说："人说杭州柔靡颓废，但事实不是，从来不缺慷慨之士。"他顿了顿，继续说："人要在某些时刻才能看出他的真性情，像写出'春色满园关不住，一枝红杏出墙来'这样温婉平和诗作的叶绍翁，也写过悲愤沉郁、壮怀激烈的《题鄂王墓》。"

万古知心只老天，英雄堪恨复堪怜。
如公更缓须臾死，此虏安能八十年。
漠漠凝尘空偃月，堂堂遗像在凌烟。
早知埋骨西湖路，学取鸱夷理钓船。

万斯大吟哦出来，诗中的"鸱夷"，也就是春秋之时的范蠡，他自号鸱夷子皮。万斯大特意说："这诗的末两句，说的是早知道会埋葬在西湖边，倒不如学范蠡一样泛舟垂钓于湖上，归隐而去。"

惟恨余杭门外柳，长年不了送征鞍

张煌言听出了万斯大的规劝之意，沉默片刻，却用宋末元初时优游湖山以终的仇远的《凤凰山故宫》说事："仇远在诗中说：'渐无南渡旧衣冠，尚有西湖风雨寒。凤鸟不来山寂寂，鸱夷何在海漫漫。荒陵樵采官犹禁，故苑烟花客自看。惟恨余杭门外柳，长年不了送征鞍。'宋室南渡，好歹承了宗室衣冠，只是少了王导这样的人物而已；而到了仇远这个时候，南宋覆灭，三宫北迁，国破家亡，连衣冠也退出历史舞台了。

"仇远的好友龚璛，尽管出任了浙江儒学副提举，但内心的悲凉却触手可及，在《咏岳王孙县尉复栖霞墓田》中，他写：'岳鄂诸孙复墓田，清明寒食起新烟。道旁为我除苍桧，山下如今哭杜鹃。高庙神灵应悔此，中原父老尚凄然。西湖靡靡行人去，却望栖霞转可怜。'

"我，张煌言，却不能学范蠡泛舟江湖，只好以此无用之躯殉道而已。"张煌言又说，"嘉靖八年（1529）会试第一的儒学大师、数学家荆川先生（即唐顺之），在倭寇屡犯沿海时，以兵部郎中督师浙江，曾亲率兵船破倭寇于崇明海上。后虽在军中病亡，但这才是我的榜样啊！"

张煌言吟诵了唐顺之的两首《岳王坟》："国耻犹未雪，身危亦自甘。九原人不返，万壑气长寒。岂恨藏弓早，终知借剑难。吾生非壮士，于此发冲冠。""谁将三字狱，堕此万里城。北望真堪泪，南枝空自荣。国随身共殒，相与虏俱生。落日松风起，犹闻剑戟鸣。"

"国随身共殒，相与虏俱生。"听到这两句的时候，超直和尚脸有悲悯之色，之前一直没有说话，此时吟了一首元时山水画大家黄公望的《西湖竹枝词》：

水仙祠前湖水深，岳王坟上有猿吟。
湖船女子唱歌去，月落沧波无处寻。

超直和尚实际上也是一种委婉的规劝，事情已经到了满目疮痍的地步，已经不可为，但生活依然在继续，何必抱残守缺呢！而张煌言是个有道德洁癖的人，他早已打定了主意，事不可为，但也要勉力为之。

一行人站起来，边行边说，在吴山之巅，举目转头而望，一侧可看西湖的秀丽旖旎，一侧可睹钱塘江的壮阔浩渺，是绝佳的观赏点。“此地在元时，曾建有一座‘如此江山亭’，元末张昱徜徉于吴山，登临此亭，写过《如此江山清集同王仲玉陆进之吕世臣作》：‘吴越江山会此亭，暮春风景昼冥冥。长空孤鸟望中没，落日数峰烟外青。不用登临生感慨，且凭谈笑慰飘零。古今何限英雄恨，付与江湖醉客听。’”张煌言说，“古今何限英雄恨，付与江湖醉客听。我是存了赴死之心的，我的事，将来可讲给醉客去听。”

当时一阵风起，杨冠玉记得，张煌言儒衫飘拂，温润如玉，不知道的人很难想到他会有那样的决绝和千万人吾往也的胸襟。当下山时，低吟着于谦的那首《岳忠武王祠》：

匹马南来渡浙河，汴城宫阙远嵯峨。
中兴诸将谁降敌，负国奸臣主议和。
黄叶古祠寒雨积，青山荒冢白云多。
如何一别朱仙镇，不见将军奏凯歌。

最无端、堪恨又堪悲，风波狱

这天回到住所，张煌言考校杨冠玉的功课后，颇为

于谦墓道

欣慰，他说："这柔美的西子湖边，其实处处都有我们的老师，身体力行，要开后世之蒙昧。"

张煌言当即交给杨冠玉几首诗，让他仔细揣摩其中的深意：

元段天祐《岳王庙》："义胆忠肝百战躯，何堪城社聚妖狐。骤闻强虏同鸣镝，已见功臣赐属镂。宾客有谁曾殉死，君王无意复还都。栖霞岭畔娟娟月，不照凌烟阁上图。"

元末明初凌云翰《岳鄂王墓》："前相汪黄后相秦，力图恢复竟何人。朱仙路近旌旗晚，古汴城高草木春。江月照空埋剑狱，边沙吹断属车尘。栖霞岭下将军冢，夜夜悲风起石麟。"

明王世贞《岳王墓》："落日松杉黯自垂，英风萧飒动灵祠。空传赤帝中兴诏，自折黄龙大将旗。三殿有人朝北极，六陵无树对南枝。莫将乌喙论勾践，鸟尽弓藏也不悲。”

明丘濬《岳王坟》：“我闻岳王之坟西湖上，至今树枝尚南向。草木犹知表荩臣，君王乃尔崇奸相！青衣行酒谁家亲？十年血战为谁人？忠勋翻见遭杀戮，胡亥未必能亡秦。呜呼！臣飞死，臣俊喜，臣浚无言世忠靡。桧书夜报四太子，臣构再拜从此始。”

明徐渭《伍公祠》：“吴山东畔伍公祠，野史评多无定时。举族何辜同刈草，后人却苦论鞭尸。退耕始觉投吴早，雪恨终嫌入郢迟。事到此公真不幸，镯镂依旧遇夫差。”

……

当时杨冠玉这样回答张煌言：“岳王之陨，神州同悲，而伍子胥、岳飞、于谦的热血，都是为家国而洒。我们当以这些先贤为导师，毋使神州沉沦。”

对杨冠玉的回答，张煌言很是赞赏，他闪过一个念头，想让杨冠玉离开，因为跟在自己的身边，从形势来看，已经是蚱蜢逢到了秋凉，之后也说过几次，而杨冠玉只是不从。他视张煌言为父，一言一行都模仿着张煌言；或者说，张煌言就是他的人生老师，他又怎么可能离开张煌言？

当时，张煌言轻轻敲着桌子，又和杨冠玉讲了写岳王墓被称为难分轩轾的两首诗，一首是高启的，一首是赵孟頫的，这两首诗都是别有怀抱。

明洪武三年（1370），朱元璋拟委任高启为户部右侍郎，高启固辞不受，反而返回青丘，以教书治田自给。

后因为替苏州知府魏观在原张士诚宫殿旧址重建郡衙撰写《上梁文》而获罪，被处以腰斩。他写的《岳王墓》在哀痛之余有着无尽的沧桑：

大树无枝向北风，千年遗恨泣英雄。
班师诏已来三殿，射虏书犹说两宫。
每忆上方谁请剑，空嗟高庙自藏弓。
栖霞岭上今回首，不见诸陵白露中。

而赵孟頫原为赵宋后裔，当他面对昔日自毁长城般的国之柱石岳飞之墓，他的悲凉可能更加尖锐和疼痛，其《岳鄂王墓》曰：

鄂王坟上草离离，秋日荒凉石兽危。
南渡君臣轻社稷，中原父老望旌旗。
英雄已死嗟何及，天下中分遂不支。
莫向西湖歌此曲，水光山色不胜悲。

张煌言这样向杨冠玉讲解，在一派萧索荒凉的秋景之中，岳鄂王墓前杂草丛生枝枝蔓蔓，时间飘忽，碾碎了多少英雄的赫赫功勋，青山下忠骨深埋。石兽在肃穆中高高耸立，在荒凉之上又添一层悲凉。今不如昔？杂草绕墓这是何等的悲哀，“轻社稷”的南宋君臣苟且偷安，而中原父老望眼欲穿，悲痛之情犹如决堤之水一发不可收拾，旷世之悲，长歌当哭。

杨冠玉忽有所悟：“此时和彼时，其实是何等的相似。”

张煌言一声浩叹化作无声。的确，清朝入关和当年元朝入侵何等相似，当年由宋入元的诗人，大多经历了亡国之痛与人格失落的碰撞，国破家亡的黍离之悲和此时是如此相似。

我们常常说要以史为镜，但真正能够以史为镜的又有几人？

张煌言问杨冠玉："可还记得武穆王的《满江红》？好男儿也当如此，驾长车，收拾旧山河。"

当时的杨冠玉比此时更为稚气，但把一阕《满江红》吟诵得壮怀激烈：

怒发冲冠，凭栏处、潇潇雨歇。抬望眼、仰天长啸，壮怀激烈。三十功名尘与土，八千里路云和月。莫等闲、白了少年头，空悲切。　靖康耻，犹未雪。臣子恨，何时灭。驾长车踏破，贺兰山阙。壮志饥餐胡虏肉，笑谈渴饮匈奴血。待从头、收拾旧山河，朝天阙。

张煌言意兴却更为萧索，他喃喃自语，低吟的是文徵明写的《满江红》：

拂拭残碑，敕飞字、依稀堪读。慨当初、依飞何重，后来何酷！果是功成身合死，可怜事去言难赎。最无端、堪恨又堪悲，风波狱。　岂不念，中原蹙？岂不惜，徽钦辱？但徽钦既返，此身何属？千载休谈南渡错，当时自怕中原复。笑区区、一桧亦何能，逢其欲！

他告诉杨冠玉："这词中所写的，才是岳飞'莫须有'的真相啊！可笑又可叹，如果功成身死，倒也死得其所！"

杨冠玉看向张煌言的目光，满是孺慕之情，那里面包含着男孩对父亲的热爱，也许在杨冠玉的内心，他把张煌言当作了父亲般的存在。

惭将赤手分三席，敢为丹心借一枝

杨冠玉思绪飘忽，脸色看起来略有些迷茫，在监斩官看来，他是因年幼而失措，原本行刑的秩序也是排在最后一个，有心想为他开脱。

不料杨冠玉方才只是想起了张煌言的教诲，内心却是坚决的，断然拒绝了监斩官的好意，说：“张公为国，死于忠；我愿为张公，死于义。要杀便杀，不必多言。”

说完，他跪倒在张煌言的尸首前，闭目引颈受刑。

刀光灿烂，这一刀恰如西湖的波光。此时正好日出，西湖上有渔船穿梭，湖面霞光灿烂，风平浪静，仿佛一切都不曾发生。

国亡家破欲何之？西子湖头有我师

当时的浙江总督是赵廷臣，从内心来说对张煌言不无同情，在张煌言死后，任由宁波鄞县人万斯大等人与和尚超直收殓其尸体，并由张煌言外甥朱湘玉到总督衙门买回首级殡殓。张煌言被葬于南屏山北麓荔枝峰下，后人把他和岳飞、于谦并称为“西湖三杰”。生前的友人叶振名登越王岭遥祭忠魂，撰祭文将张煌言和罗纶二人并称为“张司马二客”。

张煌言的气节连敌人都佩服。到了乾隆四十一年（1776），此时江山稳固，乾隆命录前朝“殉节诸臣”，并加以褒谥和祭祀，后收入《钦定胜朝殉节诸臣录》。清廷对张煌言加谥为“忠烈”，且将其牌位入祀“忠义祠”，得享定期供祭。

但这些不过是清廷一方面安抚人心，一方面想把忠君的念头灌输在臣民的脑袋里。

但没有人知道，杨冠玉引颈受刑时，默念着的是张煌言的《甲辰八月辞故里》：

国亡家破欲何之？西子湖头有我师。
日月双悬于氏墓，乾坤半壁岳家祠。
惭将赤手分三席，敢为丹心借一枝。
他日素车东浙路，怒涛岂必属鸱夷。

第六章　放怀终日对林峦

清康熙二十二年（1683）二月，杭州大雪，一僧袍萧然老者，执意让友人把他安置于西湖画舫。舟至湖心，在万籁俱寂中，老人独自度过一晚。烛光如豆，在大雪之夜愈见飘忽，无人知道这老者在想些什么。

莫愁波浪阔，万古剩虚舟

第二天熹微时分，雪霁。画舫返回靠近孤山的岸边，早有不放心的亲友守候在湖边。老者神情萧索，但气色尚好，神采飞扬，从衣袖间拿出一卷诗稿，那是昨晚在雪舟之上秉笔夜书的。

接过的亲友当即展开，禁不住吟诵起来：

> 二月西湖雪，谁能秉烛游。
> 白铺山作骨，青破树为头。
> 海内凝无地，空中别有楼。
> 莫愁波浪阔，万古剩虚舟。
> ——《雪夜再宿湖中》

这老者正是海内钦仰的大儒吕留良，因康熙二次征

二月西湖雪

辟，而吕留良不愿为清廷出力，遂出家为僧，取法名耐可，字不昧，号何求老人，遁迹吴兴县妙山，但这只是一个借口，实际上筑风雨庵著书讲学，门下弟子甚众。

吕留良当前走着，众人相随，仔细看，他的左腿略有些跛，那是多年前清军入关后，他直接参加战斗而留下的创伤。这一年，吕留良五十五岁，按说年龄还不算太大，但已有早衰的气象，可能是由多年生活的困顿和时局带来的抑郁所造成。

四十多岁的时候，吕留良须发斑白，牙齿脱落过半，而他自小就有的咯血疾，在心情不好的时候就会发作。亲友们担心的正是这一点，这一次陪同他一起游杭的有吴之振、何商隐等人。

说起来也是阴差阳错，同样隐居于世，同样以前朝遗民自居，吕留良与黄宗羲和弟弟黄宗炎等人却断交经年，三观之间的差异哪怕是细微的，都会导致分道扬镳。

雪积得厚厚的，一行人向孤山深处走去，在雪地里留下点滴痕迹。有几只觅食的雀鸟也不知道在雪地里啄食什么，看到有人走近了，才低低地飞起，到远一点的地方。

鸟为食亡，这大概是千古不易的道理了。有几个人心里同时闪过了这句老话。

雪后湖山，在静寂中如同淡墨勾勒，简单而洁净。一行人说起梅妻鹤子的林和靖，言下有不胜感慨和羡慕之意，此时在康熙二十余年的统治下，清廷早已站稳脚跟，这些人想要的复明大业已是镜花水月，而隐居不仕的林和靖是他们效仿的榜样。能够隐身于江湖之间，结庐于人境，放浪于山水之中，那是何等的逍遥快活，更何况是在这样的一个人间仙境。

黄宗炎低低吟了林和靖的诗《湖上隐居》：

湖水入篱山绕舍，隐居应与世相违。
闲门自掩苍苔色，过客时惊白鸟飞。
卖药比尝嫌有价，灌园终亦爱无机。
如何天竺林间路，犹到秋深梦翠微。

吕留良侧耳听了黄宗炎的低吟，喃喃重复了句“过客时惊白鸟飞”，遥看山色，在白茫茫一片中沉没，内心突然想起幼时人们对他的评价：

他颖悟绝人，读书三遍辄不忘。八岁就能写作，而后博学多艺，“凡天文、谶纬、乐律、兵法、星卜、算术、灵兰、青乌、丹经、梵志之书，无不洞晓。工书法，逼颜尚书、米海岳，晚更结密变化。少时能弯五石弧，射辄命中。余至握槊投壶、弹琴拨阮、摹印斫砚，技艺之事皆精绝。然别有神会，人卒不见其功苦习学也”。

但惊才绝艳又能如何？在世道的轮回变迁中，他守着内心的拙和正道，却被世道所抛弃了；或者说，是他抛弃了这个世界。

吕留良有些唏嘘，低低念了一声佛语，然后说：“隐居也是大不易后，林和靖是有大功德的人，生活在宋仁宗的年代，允许他能够悠游于岁月，与草木共朽，但即便如他，面对这样的一池湖水，也会是细风斜雨不堪听。”

“细风斜雨不堪听”句出林和靖的《西湖》：

混元神巧本无形，匠出西湖作画屏。
春水净于僧眼碧，晚山浓似佛头青。
栾栌粉堵摇鱼影，兰杜烟丛阁鹭翎。
往往鸣榔与横笛，细风斜雨不堪听。

如此风光莫虚度，人生只合老杭州

一行人在转角的凉亭中停了下来，团团围坐着，都想听听吕留良从说到林和靖而引申出来的隐居之感。隐居大抵是中国文人在与世事的抵御中，所能坚持的最后的底线。

即使是繁花满目之人，内心也不无出尘之念，西湖的文学隐逸史当从白居易说起。白居易是一个非常矛盾的综合体：一方面，他勤于政事，关注民生；另一方面，他在自己的文字中留下了诸多出尘之念。比如在杭州任上，他写过一首《浣云池》表达得最为明确："白云本无心，卷舒长自洁。影落一鉴空，可浣不可涅。鸢飞鱼跃间，上下俱澄澈。此意难与言，览之自怡悦。"到了白居易的晚年，在东都洛阳，他把这种隐逸之念倾注于自己的庭院里。

"山榴花似结红巾，容艳新妍占断春。色相故关行道地，香尘拟触坐禅人。瞿昙弟子君知否，恐是天魔女化身。"吕留良把白居易的这首《题孤山寺山石榴花示诸僧众》诵读一遍后，一笑。这孤山上原来有寺院可修行，白居易的好友元稹在《永福寺石壁法华经记》中说："永福寺一名孤山寺，在杭州钱塘湖心孤山上，石壁《法华经》在寺之某所。"而林逋林和靖有诗《孤山寺》："云峰水树南朝寺，只隔丛篁作并邻。"

而现在，吕留良枯槁之脸上有慈悲之色，我们只能找到若干的痕迹了。也许再过一些年后，连坍塌的痕迹都无从找到了。

与白居易同时代的“海内名士”张祜张公子，一生游历于名山胜水，“故国三千里，深宫二十年”看透了人世枯荣，但一首《杭州开元寺牡丹》却暴露了他内心的俗世眷恋：“浓艳初开小药栏，人人惆怅出长安。风流却是钱塘寺，不踏红尘见牡丹。”

菩提本非树，但尘埃须得勤拭擦。相传白日升天而去的陈陶，比白居易略晚一点，经历了战乱和动荡，“可怜无定河边骨，犹是春闺梦里人”写尽他对这人世的怜悯之心，对美女投怀送抱都能以诗拒绝，在西湖之侧却荡漾着凡心。

何商隐对陈陶颇有了解，有一阵子，他着迷于这自号三教布衣的诗人，他接口说，《钱塘对酒曲》写得旖旎多姿，我们此时有酒喝就好了。

风天雁悲西陵愁，使君红旗弄涛头。
东海神鱼骑未得，江天大笑闲悠悠。
嵯峨吴山莫夸碧，河阳经年一宵白。
南州彩凤为君生，古狱愁蛇待恩泽。
三清羽童来何迟，十二玉楼胡蝶飞。
炎荒翡翠九门去，辽东白鹤无归期。
鸱夷公子休悲悄，六鳌如镜天始老。
尊前事去月团圆，琥珀无情忆苏小。

众人听罢大笑，相约等下去酒楼，而吕留良的和尚身份本来就是掩饰之用，当然也没有反对，说苦中作乐也好，说心如止水也罢，日子总是要过下去。不知谁嘀咕了一句，隐士也好，高人也好，吃喝拉撒都是一样不少的。

众人莞尔，吕留良的话题继续往下走。这世上无事便是逍遥，范仲淹等营营于世俗之事且成就非凡之辈，同样对林和靖充满了认同感，只是不会放弃他先天下之忧而忧的执念。范仲淹在《寄西湖林处士》中说："萧索绕家云，清歌独隐沦。巢由不愿仕，尧舜岂遗人。一水无涯静，群峰满眼春。何当伴闲逸，尝酒过诸邻。"

在前朝景泰、天顺年间的刘泰，诗词精丽奇伟，名噪一时，他对当官啥的都没有兴趣，只想着与山水同朽，写过《与客西湖行乐》：

湖西山水名天下，有客乘春作胜游。
白骑踏花银络脑，青娥舞雪锦缠头。
幡幢影里高低寺，弦管声中远近楼。
如此风光莫虚度，人生只合老杭州。

这种隐居是对世人蝇营狗苟的冷笑和自觉的抛弃，就像元朝的贯云石，出身于高昌回鹘畏兀儿（今维吾尔族）人贵族家庭，元仁宗时拜翰林侍读学士、中奉大夫、知制诰、同修国史，却称疾辞官，退隐江南，到了杭州后卖药为生，自号芦花道人。他的这种心态在一首《三一庵》中表达得淋漓尽致：

茅栋萧萧水石间，放怀终日对林峦。
梦回不觉舟临砌，吟罢始知身倚阑。
药碓夜舂云母急，石瓶秋迸井花寒。
群鱼亦得逍遥乐，何用机心把钓竿。

草木有心，贯云石也许是参透了鱼之乐。而宋高宗时以抗疏言事去职的员兴宗，有一次路过林和靖旧居时，见有野鹤立于草茎之上，有逍遥状，突然间非常感怀，写了《偶经西湖林逋故宅四圣观见旁畜野鹤立草径对之萧然有怀》两首："未分幽容相料理，只缘老子合婆娑。此中琢句出冰玉，曾吸湖光奈尔何。""霜草深披野径开，幽情端有鹤相媒。笔椽拟欲题三尺，悔欠一龟行李来。"

言为心声，员兴宗的归去可能就是他的因和他的果，而像林和靖一样隐居于西湖之畔的江湖派诗人叶绍翁，他的《四朝闻见录》是入世的，但在《西湖秋晚》中却显得闲逸和旷达："爱山不买城中地，畏客长撑屋后船。荷叶无多秋事晚，又同鸥鹭过残年。"

绮霞蒸日透林梢，一族南山尚姓包。
冷水峪边苔色老，冲云楼下树阴高。
园邻古道传耕籍，台倚青城想拜郊。
欲趁桃花寻隐去，关门无钥不须敲。

——《包家山》

南宋末年的董嗣杲在这首写西湖边包家山的诗中，大体反映了隐逸思想中的小国寡民的冲淡祥和，但这谈何容易，一个残酷的年代就要到来。如果说前面这些隐逸之人都是自觉的选择，那么，不得不隐的年代就要到来了。

吕留良的眼眶略有些湿润，声音有些沙哑，有着说不出的疲倦，就像他在诗中所说的，万古剩虚舟，这舟还能载下凌云志吗？

忘情鸥鹭闲于我，应笑江湖客未归

乱世到来，改朝换代，一如此时，在西湖边出没的渔舟里隐居不仕的人愈来愈多。但如果说之前的人是自觉之隐，到了此时，便是无奈之隐了。

吕留良的叹息如这雪意一般清冷，他指指孤山，说，宋末善琴的汪元量，只是以琴师的身份被供奉于宫掖，宋亡后，被迫北迁大都。入狱去拜访文天祥，不失为忠义之人，出家为道士后获准南归，终老湖山，而亡国之痛，和我们差相仿佛。

“湖上悲风舞白杨，英雄凋尽只堪伤。花飞废苑怜铜马，草没荒坟卧石羊。人在醉中春已晚，客于愁处日偏长。林西楼观青红湿，又逊僧官燕梵王。”汪元量的一首《孤山和李鹤田》从吕留良口中吟出，有着哀伤和隐痛。吕留良叹息，忠直之士，只能醉里挑灯看剑。汪元量在他的组诗《醉歌》里还是有期盼的：“涌金门外雨晴初，多少红船上下趋。龙管凤笙无韵调，却挝战鼓下西湖。”

黄宗炎等人感慨不已，这样的场景仿佛是一次循环，在他们的身上再一次重现。众人一一盘点宋亡元兴后的高洁之士，厓山以后，风骨之人却并不减少，从流传下来的诗来看，诗人中隐居的就有于石、黄庚、马臻、宋无等人，他们拒不出仕，不愿效力于新朝，嬉游岁月，如山中草木。

众人在这雪地里吟哦起这些诗人在此地所写的诗，似乎能有共同的感受和气息。

这里，黄宗炎就是于石，貌古气刚，气骨苍劲，一首《送友人之武林》悲凉慷慨：

钱唐江上一帆风，为我重寻旧日踪。
十里湖山空战舰，千年宫阙咽僧钟。
潮生潮落东西浙，云去云来南北峰。

往事茫茫何处问，残烟衰草泣寒蛩。

这里，吴之振就是黄庚，风致清远，淡泊岁月，《游西湖次毛玉田韵》犹如庄周晓梦：

触目钱塘昨梦非，行春载酒忆当时。
花间不碾香轮入，柳外空鞭骏马飞。
落日荒山和靖墓，断云流水子胥祠。
忘情鸥鹭闲于我，应笑江湖客未归。

这里，何商隐就是马臻，诗画双绝，豪逸俊迈，从一只鹭鸟的身上看到了江湖风波：

水风吹冷逼菰蒲，藕叶欹斜一半枯。
玉立鹭鸶浑不动，满身烟雨看西湖。

这里，吕留良就是宋无，自负傲岸，富贵浮云，世事于他，却是行云流水，一首《青衣洞隐者》说尽心中块垒：

清泉自盥沐，丱发不冠巾。
看尽世间事，争如林下人。
啸云岩谷应，坐石鹿麋亲。
莫弃茅庵去，白桃花又春。

吕留良眼底的悲哀之色更显浓烈，说：庙堂之高，怎么能够理解小民的疾苦？每一次的天地轮回，只有心志坚定者才能保持住本心，像元末的倪瓒，博学好古，却散尽家财，浪迹山水，在他的《竹枝词》（八首）的序言中，说到了避世之人所看到的景色：“余尝暮春登濒湖诸山而眺览，见其浦溆沿洄，云气出没，慨然有感于中，欲托之音调以声其悲叹，久未能成章。因睹斯作，为之心动言宣。”

倪瓒《竹枝词》中有两首有相近之处，却大有深意。一首是：“钱王墓田松柏稀，岳王祠堂在湖西。西泠桥边草春绿，飞来峰头乌夜啼。”另一首是：“阿翁闻说国兴亡，记得钱王与岳王。日暮狂风吹柳折，满湖烟雨绿茫茫。”

同样生活在元末明初的顾瑛，同样散尽家财，削发为在家僧，自称金粟道人，在听到西湖之雨时写下了《值雨》：

柳岸轻风渡晓晴，画船置酒载娉婷。
生憎几阵黄梅雨，滴在西湖不忍听。

这种与自然相默契的灵魂或是隐逸者最真实的心声，就像明朝博览群书，尤熟于史的史鉴，好着古衣冠，曳履挥尘，他在给杭州友人的诗《寄杭州友人》中说：“西湖湖上水初生，重叠春山接郡城。记得扁舟载春酒，满身花影听啼莺。”

但这种隐逸之心是多么的奢侈，兴亡之间，苦的都是百姓。吕留良突然抬高了声音，吟哦起元明两朝均以病坚辞不仕的王逢之诗《钱塘春感》中的一首：

金爵觚棱月向低，泠泠清磬万松西。
五门曙色开龙尾，十日春寒健马蹄。
红雾不收花气合，绿波初涨柳条齐。
遗民暗忆名都会，尚绕湖漘唱大堤。

这是吕留良最后一次游览西湖。当年夏天，年龄并不算大的他油尽灯枯，撒手尘寰，仿佛是登上了虚舟在万古的时空游荡。但四十九年后，雍正十年（1732），受湖南儒生曾静反清一案牵连，吕留良被雍正钦定为“大逆”，惨遭开棺戮尸枭示之刑，其子孙、亲戚、弟子广受株连，无一幸免。

在野史中，却留下了吕留良留下的孙女吕四娘飞檐走壁，夜入皇宫，割下雍正帝人头的故事。子虚乌有中，这也许是人们内心的一种期盼，就像吕留良自己在《述怀》中所写的：“清风虽细难吹我，明月何尝不照人。寒冰不能断流水，枯木也会再逢春。”

第七章　地有湖山美，东南第一州

地有湖山美，东南第一州。
剖符宣政化，持橐辍才流。
暂出论思列，遥分旰昃忧。
循良勤抚俗，来暮听欢讴。

吴山之上，有美堂前，身着便服，器宇轩昂的爱新觉罗·弘历，也就是乾隆皇帝，此时正值壮年，微微有些发福；而他的身边，纪晓岚、和珅、原籍钱塘的梁诗正等人小心翼翼伺候着。这是他第三次下江南，方才吟的正是北宋嘉祐二年（1057）宋仁宗赵祯所写的《赐梅挚知杭州》，梅挚任杭州知州时，宋仁宗以此诗相赠。

十分潋滟金樽凸，千杖敲铿羯鼓催

乾隆踌躇满志，环顾左右，卖弄他的博学："宋仁宗继位四十多年，是宋时在位时间最长的皇帝。仁宗天性仁孝，对人宽厚和善，在位期间，让百姓休养生息，国家安定太平，社会经济繁荣，名臣辈出。你们说，为什么会有这有美堂？"

纪晓岚等人当然要凑趣。纪晓岚本就饱读诗书，大型文献丛书《四库全书》便是乾隆点名由他来主持。他看了一眼和珅,估计他也说不出个所以然,拱拱手,说:“地有湖山美,东南第一州。这两句也只有帝王才有的气魄啊,这是数百年来对杭州最为贴切的定位。”

梅挚是名臣,为官勤政爱民,并经常利用接近皇帝的机会直言上书,宋仁宗曾经说:“梅挚言事有体。”梅挚出守各地时,其治河防止水患颇有建树,而乾隆下江南一个很大的因素也和水患有关。

宋仁宗赐诗梅挚,在诗中勉励梅挚到杭州后,要分担皇帝的忧愁,获取百姓的颂扬。而梅挚到杭州后便演了一出君臣相得的好戏,他为了报答皇帝的恩宠,根据宋仁宗这首诗的第一句“地有湖山美”,在吴山修筑了一座有美堂。

“夫举天下之至美与其乐,有不得而兼焉者多矣。故穷山水登临之美者,必之乎宽闲之野、寂寞之乡而后得焉。览人物之盛丽,跨都邑之雄富者,必据乎四达之冲、舟车之会而后足焉。盖彼放心于物外,而此娱意于繁华,二者各有适焉。然其为乐,不得而兼也。”

乾隆欣赏着由欧阳修撰文、蔡襄书写的《有美堂记》残碑,暗暗点头:“宋时,当真是人文荟萃,而这有美堂建成之后,歌咏者不知凡几,但文莫过于此文,诗莫过于东坡。”

游人脚底一声雷,满座顽云拨不开。
天外黑风吹海立,浙东飞雨过江来。
十分潋滟金樽凸,千杖敲铿羯鼓催。

唤起谪仙泉洒面，倒倾鲛室泻琼瑰。

苏东坡的这首《有美堂暴雨》写于宋神宗熙宁六年（1073），有着苏东坡一贯的雄奇笔调，有声有色地描绘了有美堂骤然而至的急雨之景，稍纵即逝的景物却在文字里有着永恒的意义。

在这一点上，乾隆是感性的，立于吴山之巅，俯瞰西湖，风光秀丽无俦。此时正值暮春，远山含黛，湖面波光粼粼。按照他的个性，大抵是要写几句诗的，但这一天，偏生文思枯竭，之后吟诵了他的爷爷——爱新觉罗·玄烨，也就是康熙皇帝的诗，抒发了下自己的兴致。

在乾隆之前，康熙也曾经六下江南，但相对乾隆之行，声势规模却要小很多。康熙这样写《西湖》：

湖光开潋滟，临幸及芳时。
浅翠堆山色，轻香拂水湄。
彩旐看自动，画鹢觉平移。
静坐观群类，资生得所宜。

从吴山上远眺白堤、苏堤，此时风和日丽，视野通透。纪晓岚说：“康熙爷还写过一首《宋臣苏轼开湖溉田筑堤潴水杭民利之为政者不当如是乎》，堪与宋仁宗那首《赐梅挚知杭州》相比。”

纪晓岚说这话，不落痕迹地吹捧了下自己的主子。和珅是读过康熙这首诗的，他凑趣吟诵出来：

长堤十里跨湖波，官柳青青覆软莎。
漫道只为游赏地，悬知布政在民和。

有三秋桂子，十里荷花

乾隆突然叹了一口气，似有无限萧索："这锦绣湖山，花花世界，岂能不让人觊觎。"

万里车书尽混同，江南岂有别疆封？
提兵百万西湖上，立马吴山第一峰！

他是想起了当年金主完颜亮南侵时写的这首诗。按照一般的说法，完颜亮南侵是被一阕词所蛊惑，那阕词写出了江南的神韵，犹如天上人间，让完颜亮垂涎欲滴。那阕词就是柳永的《望海潮》：

东南形胜，三吴都会，钱塘自古繁华。烟柳画桥，风帘翠幕，参差十万人家。云树绕堤沙。怒涛卷霜雪，天堑无涯。市列珠玑，户盈罗绮竞豪奢。　　重湖叠巘清嘉。有三秋桂子，十里荷花。羌管弄晴，菱歌泛夜，嬉嬉钓叟莲娃。千骑拥高牙。乘醉听箫鼓，吟赏烟霞。异日图将好景，归去凤池夸。

柳永柳三变，因排行第七，世称柳七，其诗词多描绘城市风光和歌妓生活，尤长于书写羁旅行役之情，他将敷陈其事的赋法移植于词，在词中运用俚词俗语，拓宽了词的发展。但这首《望海潮》一反柳永惯常婉约清丽的文字风格，写得大开大合、波澜起伏，用浓墨重彩铺叙展现了杭州的繁荣、壮丽。

"三秋桂子，十里荷花"的句子当时就打动了完颜亮，当然也应该是他一直对江南存有吞并之心，这句子催化了他，当即就兴起投鞭渡江之志，带领大军南下。完颜亮的南侵，成就了一个南宋时的天才人物虞允文。

1161年十一月，虞允文在军事上的才华突然如彗星般崛起。当时，完颜亮统率金军主力越过淮河，如入无人之境。虞允文为督视江淮军马府参谋军事，负责协助同知枢密院事叶义问抗敌。在金军逼近采石（今属安徽马鞍山）时，虞允文正好去犒师，到采石后，他见宋军萎靡不振，于是亲自督师，以一万八千人的兵力与十五万金军决战于采石矶，结果大败金军，赢得了著名的“采石大捷”。而完颜亮之后移兵扬州，又遭虞允文阻截，并导致完颜亮在十一月下旬被部下所杀。

乾隆、和珅、纪晓岚等人谈谈说说，这段历史云烟让人心情激荡，大丈夫当如是，扼腕叹息处有，壮烈精彩处同样令人击节赞叹，而“东南形胜，三吴都会，钱塘自古繁华”，这也是杭州给人最大的感受了。

康熙、乾隆这样多次下江南，游玩只是他们行程中的一小部分，更大的原因是因为江浙一带物华天宝，经济发达，出于稳固政权的考虑才有江南之行。

为了展示盛世风采，乾隆专门命人打造了一艘建有金顶龙亭的“翔凤艇”，单是纤夫就多达3600人。此外，还有“安福舻”等共五艘，装饰豪华，整个南巡船队共约有一千艘船，浩浩荡荡，排场极大。

这江南风物迷人，华章天成，难怪让天下英豪折腰而趋之若鹜，这样一想，对于完颜亮当年的枕戈待旦、虎视眈眈也就能够理解了。乾隆素来喜爱风雅，对于江南美好的事物，他想要留住，却不方便长住江南，也不能带回北京。那怎么办？他后来想了一个法儿，就是在北京“仿”，仿“江南”，以舒缓他的相思之苦。

振衣天风寒，西湖真一勺

此时气候宜人，下了吴山，乾隆嘱咐不必用轿，而是沿湖边往苏堤走去。康熙、乾隆两代皇帝驻跸杭州的地方一般是在孤山行宫，也就是后来的中山公园。《西湖志纂》卷三载：“圣因寺，在孤山之南，面临明圣湖，群山环拱，万堞平连，揽全湖之胜。国朝康熙四十四年，圣祖仁皇帝省方幸浙，臣民欣忭爱戴，于斯地恭建行宫。”

孤山行宫大抵是西湖的精华所在，位于白堤的中间，离苏堤也在咫尺，从护卫的角度来说，守卫此地也相当容易。另外，它当时是在杭州城外，相对扰民较轻。

三步一岗，五步一哨，这些天的整个西湖，已仿佛成为皇家园林。走入苏堤后，一行人缓缓而行，湖光山色，掩映在桃红柳绿之间，雀鸟在树枝上逍遥。帝王将相也好，达官贵人也罢，在这些小小的生命看来是一样的，除非你用箭矢把它射下来，否则它就不会停止聒噪。

自诩为太平天子的乾隆对自己的政治手腕还是颇为怡然自得的，数次下江南，拉拢的拉拢，亲近的亲近，疏远的疏远，打击的打击，把江南士子的思想洗了数遍，如今对于朝廷的认可度和忠诚度与定鼎中原之初已不可同日而语。

乾隆问和珅：“可还有遗贤不为我所用？”

和珅的阿谀奉承功力极深，一席话说得乾隆眉开眼笑。不过一转头，他说：“国朝更替，哪有一蹴而就那么简单！”

圣心不可窥测，喜怒于翻手覆手之间。

这便过了映波桥，当地陪同的官员这样向乾隆介绍，微雨时，站在映波桥上看，垂杨带雨，湖面上烟波摇漾，而此后的锁澜桥、望山桥俱是观西湖景致的佳地。压堤桥是湖船东来西去的通行口，“苏堤春晓”景碑亭就在桥南；再后面的那座东浦桥[①]是西湖观日出的绝佳之处；最后一座跨虹桥，如果雨后湖面有彩虹飞跃，此处便恍如仙境。

乾隆听得兴致勃勃，看着远处如一条丝线般的白堤，不觉动了诗兴，随口吟道：

白沙堤上昨鸣鞭，潇洒诗情忆乐天。
岂意千秋留姓氏，白公不及大苏传。

这诗吧，其实普普通通，但周边的人哪里会说不好，博得了一片赞誉，自有人在一边拿纸笔记录下来。

吟诗毕，乾隆话题一转，称颂起苏东坡来：“苏大胡子是个能臣啊，你们想想，他妙手化淤泥为长堤，这等手笔，非干吏不可。”

全长近三公里的苏堤南起南屏山麓，北到栖霞岭下，是当年疏浚西湖时用挖出的葑泥构筑而成。在宋室南渡之后，苏堤春晓被列为“西湖十景”之首，元代又以“六桥烟柳”而列入“钱塘十景”。

这一路穿行柳树和桃树之间，微风拂面时，当然心旷神怡，但陪同者无不战战兢兢，伴君如伴虎。好在这一天，乾隆兴致极佳，到了望山桥上，左右环顾，看南高峰北高峰远远矗立，又吟诵一首：

一株杨柳一株桃，夹镜双湖绿映袍。
蓄眼韶光看不足，北高峰影接南高。

① 东浦桥，今人考证，疑为“束浦桥”。

一勺西湖水。渡江来、百年歌舞，百年酣醉

这首比刚才那首好出不少，把游西湖时的那种心底贪恋不负韶光的心态勾勒得栩栩如生。

和珅要凑乾隆的兴致，此时发声吟诵乾隆上一次下江南时所写的《留余山居杂咏》：

步步踏奇石，声声听冷泉。
香炉峰下湿，一半借来悬。

穿石登丹梯，凭楼出绿树。
旷览破天悭，豪吟惬始遇。

把臂合佺乔，决眦入寥廓。
振衣天风寒，西湖真一勺。

乾隆早已习惯于这些逢迎和表演，但此时听到这诗句，停下了脚步，说：“诸位卿家都是饱学之士，朕倒要考一考你们，这‘西湖真一勺’的出典在哪里？’”

随行之人也不敢随便回答，怕有悖圣意，而和珅深谙权术计谋，他装作思考良久又恍然大悟的模样：“是文及翁的那阕《贺新郎·西湖》。”

乾隆点头称许。

一勺西湖水。渡江来、百年歌舞，百年酣醉。回首洛阳花世界，烟渺黍离之地。更不复、新亭堕泪。簇乐红妆摇画舫，问中流、击楫谁人是。千古恨，几时洗。　　余生自负澄清志。更有谁、磻溪未遇，傅岩未起。国事如今谁倚仗，衣带一江而已。便都道、江神堪恃。借问孤山林处士，但掉头、笑指梅花蕊。天下事，可知矣。

说起这文及翁，也可以一说，他是南宋宝祐元年（1253）进士，景定三年（1262）除太学录，召试馆职，言公田事，朝野闻名。后历任秘书省正字、著作郎、漳州知州、国子监司业、袁州知州等职。德祐初，官至资政殿学士、签书枢密院事。

之后元兵马踏江南，大军将至之际，文及翁弃官遁去。到了改朝换代之后，元政权累征不起。

纪晓岚在一旁默然不语，实际上“西湖真一勺”的典故还有一个来处，同样是生活在宋末元初的邓牧，他在《伯牙琴·寓屋壁记》中这样写：“……歌台舞榭日就颓圮，仅存者或辟而广，良有天数。壬午秋，余卜数椽葛岭下，面湖背山，景象清美。是屋介两寺间，故往不为强有力者所并；邻第迄毁，故今得湖山最多。俯仰三十年，非偶然者！客过问曰：‘西湖一勺水，阅兴废多矣。向之斗豪竞奢，而今安在？吾始也未生，本无父母兄弟妻子，而今也良有。目欲美色，耳欲声音，身欲宁居，忽忽百年后，坟墓生荆棘，庐舍为瓦砾；前日摇精神，逐瞀耆欲，安知至此！君知其说乎？画舫日数百，登酒肉，载歌舞，朝出水浒，夕去城阙，去则不知所之，君据梧而观，亦有悟乎？’余亟取离骚案上，鼓唇歌之，谢客曰：‘子往矣，毋落吾事！’”

但纪晓岚保持了沉默。“西湖一勺水，阅兴废多矣。向之斗豪竞奢，而今安在？”好大喜功的乾隆不一定愿意听到这些楼起楼塌之语，这也是为臣的禁忌之语。

万言万当，不如一默。

韶华春已半，万物各欣欣

第二天没有外出，乾隆在行宫书房里处理了一些政事，之后依然叫上和珅和纪晓岚，就在孤山上到处转悠。行宫有八景，乾隆也一一赋诗。

如《四照亭》：“孤山最高处，更据圣湖中。峰色回环翠，花光淡荡红。堤虹遥饮练，波縠净披风。方喜奇全揽，翻牵兴莫穷。”

如《竹凉处》：“目遥方过雨，意入更逢凉。声是戛寒玉，境还生静香。万竿笼日照，一线漏天光。却羡山僧逸，坐消九夏长。”

如《瞰碧楼》：“览景不嫌高，山楼瞰碧涛。雨晴皆合赏，俯仰更无劳。洗涤尘氛气，差排歌舞曹。悠然会心所，摛句亦因豪。”

此外，还有绿云径、贮月泉、鹭香亭、领要阁、玉

一株杨柳一株桃，夹镜双湖绿映袍

兰馆等处。这种写作，事实上也是受王洧“西湖十景”诗词、董嗣杲“西湖百咏”诗等前辈诗人作品的影响。乾隆的诗颇受后代诟病，但他对文字的热爱却是真实的。

这一天到了孤山脚下的张宪之墓，乾隆凭吊良久。对于忠臣良将，作为帝王，他自有自己的想法。他把张宪之墓同样纳入了行宫八景之一，并赋诗《张烈文侯墓》一首：

当年谁爱将，骨亦岳家西。
战鼓中原急，秋山落照低。
曾无枢府鞫，竟有手书赍。
庙记碑堪读，沾裳草露凄。

乾隆倡导忠臣，这是他想输送给世人的价值观。这一日，他们在张宪墓前徘徊多时。

江南多雨，这天半夜时突然雨声淅沥，第二天看起来也没有收住的意思。从山腰上俯瞰西湖，烟雨蒙蒙，乾隆批复了呈送御前的公文后，从书架上拿起康熙皇帝下江南时所写的诗集，翻阅起来，有一些颇堪玩味。如《云栖竹树甚茂幽兰满山》：

山径纡徐合，溪声到处闻。
竹深阴戛日，木古势干云。
倚槛听啼鸟，攀岩采异芬。
韶华春已半，万物各欣欣。

又或者是写竹林的：“寻春二月幸云栖，满目天光入品题。密林布荫樵渔乐，幽柏成行蕙芷齐。浴手临泉开箨笋，傍岩倚石选蓬藜。余杭风景西湖胜，未若山中待竹迷。”

当读到其中一首诗的时候，他站起来，踱步到了屋檐下，遥眺吴山，吟诵《行宫雨中望吴山》：

槛外青山纵目收，繁花初落叶新稠。
更教点染烟云色，添得窗前翠欲流。

此时此景，已执掌大政多年的乾隆突然思念起他的爷爷康熙来。也许是江南让他的心变得润泽，他喝了一口上好的龙井明前茶，颇有些幽然出神，而雨，敲打着瓦片，这就是烟雨江南。

第八章　使君能得几回来

密云不雨，微有些风，令人神清气爽。

乾隆二十七年（1762）清明前数日，上塘河上，一艘乌篷船迤逦而行，一中年文士立于船头，远眺南北高峰，自嘲一笑：近乡情怯，会有儿童笑问客从何来吗？

遥青已接还遮住，可是苏堤几点烟

这文士便是当世名士袁枚袁子才，后世多称之为随园老人。世人看袁枚是有些奇怪的，他二十四岁中进士，授翰林院庶吉士，之后外调做官，曾任沭阳、江宁、上元等地知县，两江总督、文华殿大学士兼翰林院掌院学士的尹继善非常赏识他，按照正常的思维，他的仕途大有奔头。

令人惊讶的是，前途大好的他对于当官没有什么兴趣，相反颇为厌倦，在他三十四岁时，借着父亲亡故的缘由，他以奉养母亲的理由辞去了官职，而后在江宁（今江苏南京）购置隋氏废园，改名“随园”，筑室定居，算来此时已经住了十三年了（袁枚在随园过了近五十年的闲适生活）。袁枚有一副对联表明了自己的志向：“不作高官，非无福命只缘懒；难成仙佛，爱读诗书又恋花。”

这一次袁枚南来，是为祖母上坟祭扫。袁枚在杭州住过两个地方，幼年时住在大树巷（今体育场路与建国北路交叉口）的祖居，七岁后随家搬到了葵巷。

前尘往事一一掠过，袁枚也到了怀旧的年龄。此刻，他眺望远山，山色仿佛从冬眠中醒来，有着说不出的妩媚。袁枚忽有所感，昨天在旅途中想到的诗句此刻可以续上了，他吟诵道：

久客还乡夜不眠，望乡长自立帆前。
一痕山送西湖色，万种情深故国天。
旧宅萧条伤往事，此身生长记华年。
遥青已接还遮住，可是苏堤几点烟？

遥青已接还遮住，可是苏堤几点烟

船家虽然听不懂袁枚这首《舟近钱塘望西湖山色因感旧游》诗中的怀抱，但能够感受到他那种浓浓的眷恋之情。

水波荡漾，袁枚想起少年时的往事，爱书、读书，九岁那年，嬉戏在吴山之上，因为台阶陡峭，登临后却视野开阔，随口吟出："眼前两三级，足下万千家。"这句童趣十足的诗，当时博得了诸多大人的赞赏，袁枚在内心也不无得意。

十二岁时，袁枚中秀才，入县学，但他对八股文并不感兴趣，而二十三岁在京城考中举人后，他为官多年大抵是在江苏一带，但对于家乡杭州念念不忘，甚至戏刻一印"钱塘苏小是乡亲"。

《随园诗话》里记载着一则故事：某尚书到南京时向袁枚讨诗集，袁枚就钤盖了这方印章，不料此公是个端庄严肃之人，认为袁枚的举动轻佻。袁枚正言：今天你以为苏小小低人一等，是娼门，但百年之后，人们记得苏小小，却不会记得你们这些贵人。

实际上，在袁枚的灵魂深处，西湖和杭州，是他不能抛却的故土，这种情愫，和当年白居易写过的《杭州回舫》相近：

自别钱唐山水后，不多饮酒懒吟诗。
欲将此意凭回棹，与报西湖风月知。

这一次借祭扫祖母之便，对于魂牵梦萦的西湖，他想着再度一一去游历，去欣赏，去填补内心对这片山水的渴望。

沙河塘里灯初上，水调谁家唱?

袁枚的入杭，对于杭州的文坛而言是一个大事件，故交好友不说，拐弯抹角想来套个近乎的也不少，毕竟他是宇内名士，此时国内的代表诗人之一。说到当代文人，时有“南袁北纪（纪晓岚）”之称，袁枚和赵翼、蒋士铨合称“乾隆三大家”，又与赵翼、张问陶合称“性灵派三大家”。

袁枚的“性灵说”诗论独树一帜，他主张诗要以情为本，诗写性情，也就是要肯定自我，尊重人的感情，诗能够彰显出自我个性，诗中要有我在。这对当时诗坛的复古主义和形式主义诗风冲击很大，博得不少追随者。

说是在随园隐居，但袁枚的性格使然，生活品质不可下降。他的开销是巨大的，好在他的知名度够大，润笔丰厚，“竟有一篇墓志送至千金者”，这才能够维持开销。

入杭后，便有好事者张罗搞一场讲座，在袁枚祭扫祖母之后，便在吴山上开了一个诗会，诗会从袁枚的《湖上杂诗》说起。袁枚当时写了二十一首，其中一首《湖船》被喜欢的人吟了出来：

谁家爱唱玉玲珑，笛自西飘曲自东。
一夜荡摇声不定，知他船在水当中。

袁枚莞尔一笑，这个算是山水诗，但没有借景抒情，而是自自然然，把一派大好山水用文字素描出来，人融入了自然之中。

他这一天想讲的却是思念，从这杭州说起，尽管在袁枚的诗歌中，处理山水与人的关系时，万物为己所役，人始终占据主导的或主动，但此次回乡，在途中感受到的那种“遥青已接还遮住”，让他有所感悟。

千百年来，从白居易为杭州写诗开始，杭州已经成为诗人一个秘密的源泉。

与君细话杭州事，为我留心莫等闲。
闾里固宜勤抚恤，楼台亦要数跻攀。
笙歌缥缈虚空里，风月依稀梦想间。
且喜诗人重管领，遥飞一盏贺江山。

渺渺钱唐路几千，想君到后事依然。
静逢竺寺猿偷橘，闲看苏家女采莲。
故妓数人凭问讯，新诗两首倩留传。
舍人虽健无多兴，老校当时八九年。

袁枚从白居易的这两首《送姚杭州赴任因思旧游》说起，在这里，杭州不是一个符号，而是完全人性化了的，是一种呼应和融合，一个离开的人，杭州是驿站，更是一种生活的经验和慰藉。

这样侃侃而谈，说到了姚合和白居易的承继关系，甚至说到了一些趣闻，比如白居易这首诗中的典故，是唐时的灵竺山间猿猱很多，而且很有灵性。宋代潜说友《咸淳临安志》载：“陆羽云：宋僧智一善啸，有哀松之韵。尝养猿于山间，临涧长啸，众猿毕集，谓之猿父。”袁枚看了一眼座中之人，翟灏、翟瀚也在，说，他们俩的《湖山便览》中也有这个记载：“相传慧理谓峰自灵鹫飞来，人不之信，因就洞呼出黑白二猿为证。”

这引起了在座之人的兴趣。有一个青衫少年站起来，朗声道："像黄庭坚的《钱塘旧游》，大概是山水诗中的佳品了。"

薄宦飘然笑漫郎，瑟洲花草弄幽芳。
莫教景物添春色，转觉山川是异乡。
南北峰岩空入梦，短长亭舍自相望。
湖边山寺清明后，相见兰开褉水香。

袁枚为这少年的大胆而频频点头，一问之下，却是有缘，这少年叫作吴锡麒，这一年十七岁，却是住在他童年时所住过的大树巷，说起来就是邻居了。

勉励有加，既然说到了黄庭坚，袁枚便说到了黄庭坚的老师苏轼，说："就在吴山，苏东坡写过一阕《虞美人·有美堂赠述古》，当时苏东坡为杭州通判。"

湖山信是东南美，一望弥千里。使君能得几回来？便使尊前醉倒更徘徊。　　沙河塘里灯初上，水调谁家唱？夜阑风静欲归时，惟有一江明月碧琉璃。

宋人傅幹的《注坡词》所叙甚详："陈述古守杭，已及瓜代，未交前数日，宴僚佐于有美堂。侵夜月色如练，前望浙江，后顾西湖，沙河塘正出其下。陈公慨然，请贰车苏子瞻赋之，即席而就。"

袁枚顺手拈来，说："词之起句来自仁宗的赐诗，也是有美堂的来源，而有美堂处于吴山绝顶，是远眺西湖的绝佳地。钱塘江山之绮丽，但苏东坡一笔带过，而且从远处起意，落墨于大处，这便是个人的风格和境界了。"

面对江山胜景，在场与会的僚佐们在物我交融中无

岛屿正清秋

比欢乐，但苏东坡推断陈襄陈述古重游西湖的机会无多，应该直饮到醉倒樽前，再多流连些时候。苏轼作为陈襄的副手，在这两年里赈济饥民，浚治钱塘六井，奖掖文学后进，感情自然是融洽的。但融洽才会带来不舍，而明月当空，灯火阑珊，《水调》悲歌抵达耳膜，令人倍感寂寥，更增添离怀别思。

袁枚说："离思之念，看不见，摸不着，怎么去写？苏东坡便是借助于明月、灯火和悲歌，把这离思写了出来。"

在座者倾听下都若有所悟，而吴锡麒更是受惠良多，这在他后来的一些作品中可以看出，比如这阕《少年游》：

江南三月听莺天，买酒莫论钱。晚笋余花，绿阴青子，春老夕阳前。　欲寻旧梦前溪去，过了柳三眠。桑径人稀，吴蚕才动，寒倚一梯烟。

而袁枚自己的诗，往往构思新颖，想象大胆，语言雄俊，从诗的灵巧风趣去看，似脱胎于杨万里，深得宋诗的精髓。

湖山锦绣照青春，烽火惊心岁在辰

诗会之后，自然是有宴席，就在这吴山的山腰。翟灏、翟瀚、吴锡麒等均在受邀之列。

袁枚原本讲得口干舌燥，但席中依然谈笑风生，他的几首《湖上杂诗》也被在座的吟诵出来，如：

凤岭高登演武台，排衙石上大风来。
钱王英武康王弱，一样江山两样才。

袁枚其实是颇为享受这种偶像的待遇的。酒入腹中，略微有些醺醺然之时，他指着明丽无俦的西湖，说："不在杭州的日子，我记忆里都是它，就像白乐天在《答客问杭州》中所写。"

为我踟蹰停酒盏，与君约略说杭州。
山名天竺堆青黛，湖号钱唐泻绿油。
大屋檐多装雁齿，小航船亦画龙头。
所嗟水路无三百，官系何因得再游？

袁枚一声叹息，离杭居于金陵随园尽管是他自己的选择，但这湖水怎么可能轻易地忘记？而记忆之门一打开，座中都是饱读诗文之人，对诗词的熟谙使得名篇佳构纷纷呈现，犹如荷叶盛开在湖水之上，被提到的有北宋潘阆的词《酒泉子·忆余杭十首》，如：

长忆西湖，尽日凭阑楼上望。三三两两钓鱼舟，岛屿正清秋。　笛声依约芦花里，白鸟成行忽惊起。别来闲整钓鱼竿，思入水云寒。

长忆孤山，山在湖心如黛簇。僧房四面向湖开，轻棹去还来。　　芰荷香喷连云阁，阁上清声檐下铎。别来尘土污人衣，空役梦魂飞。

另一个在北宋时对杭州有着贡献的陈尧佐的《怀杭州西湖》也被提到。陈尧佐在两浙转运副使任上时，当时的钱塘江篝石为堤，但过了一年就溃堤了。陈尧佐考察之后，建议“下薪实土乃坚久”，最终江堤按其建议所筑。

桥影飞虹跨碧潭，熙熙亭畔柳毵毵。
扁舟载酒渔翁唱，记得闲过处士庵。

其他如张翥（1287—1368）、吴景奎（1292—1355）、吴文英（约1200—约1260）等人的诗词都在席间被拿出来吟诵，在西湖之畔，追忆之诗更是增添了这湖水的魅力。

平湖十里碧漪风，歌舫渔舟远近同。
天竺雨余山扑翠，海门潮上日蒸红。
伤心花月随年换，回首闾阎委地空。
白发故人零落尽，浮生怅望梦魂中。
——张翥《忆钱塘》

湖山锦绣照青春，烽火惊心岁在辰。
文武衣冠全盛日，旌倪歌舞太平人。
金戈铁马消氛祲，翠阁朱楼起战尘。
赖有总戎云鸟阵，阚如虓虎捷如神。
——吴景奎《次韵忆钱塘二首》（其一）

送人犹未苦，苦送春、随人去天涯。片红都飞尽，正阴阴润绿，暗里啼鸦。赋情顿雪双鬓，飞梦逐尘沙。叹病渴凄凉，分香瘦减，两地看花。　　西湖断桥路，想系马垂杨，依旧欹斜。葵麦迷烟处，问离巢孤燕，飞过谁家。故人为写深怨，空壁扫秋蛇。但醉上吴台，残阳草色归思赊。

——吴文英《忆旧游·别黄澹翁》

觥筹交错之隙，诗声琅琅，大抵围绕着对钱塘和西湖的追忆，西湖像是有一种特殊的气息，从白居易以降，每一个见过它的人都为之神魂颠倒。当有人说起这个话题时，袁枚说："有一个诗人是例外的，她在西湖边住了十余年，却没有写过一首关于西湖的诗。"

袁枚说的诗人是宋室南渡前后定居在杭州的李清照，也许是西湖的美景让她内心有着更深的忧伤，无情却是有情。不过李清照没写回忆西湖的诗，但后来有一个女诗人去写了，她是莆田诗人余怀（1616—1696）的侧室，芳名陆眷西，生卒年不详，却因诗而流传于世，她写过一首《忆西湖》：

记得西湖六月天，藕花如锦断桥边。
至今梦里犹来往，惯听钱塘唤渡船。

也许是说到了女诗人的缘故，袁枚又说了段诗坛的掌故，他说："先天下之忧而忧，后天下之乐而乐的范公仲淹，也写过一首《忆杭州西湖》的诗：'长忆西湖胜鉴湖，春波千顷绿如铺。吾皇不让明皇美，可赐疏狂贺老无。'他说长忆西湖胜鉴湖，你们可知其中颇有好笑之处？"

众人茫然不解，唯翟灏突然间乐不可支，被一口酒呛着咳嗽起来，他说："张岱张岱，害人不浅啊！"

有人恍然大悟，张岱在《陶庵梦忆》里说：“余谓西湖如名妓，人人得而媟亵之；鉴湖如闺秀，可钦而不可狎。”如按照张岱的说法，范文正公岂不是成了好狭斜游（冶游，狎妓）之徒了？

袁枚也是一句戏言。张岱的说法，如果换一个角度去想，就是西湖是浓妆淡抹总相宜，而范仲淹是端方高洁之士，岂会有这种猥亵的念头？

数点烟中旧灯火，令人长忆旧游人

许多年过去了，袁枚声名日著，他喜欢无拘无束、自由散漫的生活，生平事迹多以“好吃”“好色”“好游”这三好著称，“好色无关人品”，是袁枚的一句名言。

在六十七岁时，袁枚服完母丧，开始走出随园，游山玩水，在游历期间写下众多散文游记。而杭州，当然是他经常来游历之地，在西湖边的宝石山上，他举行了两次著名的作秀性质的诗会，席间落座的，都是他的女弟子，多至十三人，袁枚在他的莺莺燕燕之中，似乎为他的一生做了一个盖棺论定。

嘉庆二年年末（公历为1798年），八十二岁的袁枚再入杭州，准备在宝石山上举办他的第二场女弟子秀。上一场的诗会为人所津津乐道，有追慕者，也有诟病者，这些于袁枚而言，不过是浮云随心。到了如此高龄，袁枚的精神依然矍铄，在杭州友人的陪同下，他先上了吴山，在重游中远眺西湖，忽吟诵起名医张遂辰（1589—1668）的那首《西湖忆旧》：

西湖终古水粼粼，往事风流迹已湮。
酒散楼台空浸月，雨余花柳冷禁春。

又看岁换销金粉，不待乌啼灭画轮。
数点烟中旧灯火，令人长忆旧游人。

恍惚了一会儿，刚好有一个垂髫童子蹦蹦跳跳爬上山来，七八岁的模样，袁枚想起自己比这略大时写过的“眼前两三级，足下万千家”这两句诗。这一晃七十多年如白驹过隙，当年的童稚之语，在七十多年的人生历练后，终究化作一声喟叹：“觉童语终是真语。”

这年宝石山上的女弟子秀散去之后，袁枚回到了南京随园，这次回去了，他像是一头老年的动物回到自己的巢穴后再也不出来了。他老了，已经衰颓，但总是时时看着天际的浮云，在想这一世的浮华去留。

弥留之际，袁枚突然想起有一年回杭州时所写的《入武林城作》：

肩舆望见圣湖烟，触目情生故国天。
不是还乡是寻梦，一丘一壑总缠绵。

第九章　春茗初收谷雨前

十有九人堪白眼，百无一用是书生。

乾隆三十四年（1769）三月初，清明前几天，细雨伶仃，一个二十来岁的年轻士子撑着一把油纸伞，瘦削的身子宛如翩翩仙鹤，他正从望江门进入杭州城。

多君怜我坐诗穷，襆被萧条囊橐空

这士子便是黄景仁，字汉镛，常州人，是宋代诗人黄庭坚后裔。黄景仁四岁时父亲去世，家境贫寒，但聪颖好学，少年时即有诗名，据说九岁便能吟出“江头一夜雨，楼上五更寒”。在文坛上，他和王昙并称“二仲”，和洪亮吉并称“二俊”，为毗陵七子之一。

这一年他二十一岁，受杭州名士仇丽亭仇养正的邀请来杭游玩，同时也是为了排遣心情：上一年的江宁乡试，他又铩羽而归，这对心志高远的他无疑是个沉重的打击，由此写下了“百无一用是书生”这等伤感之辞，二十来岁的人已心如老朽。而仇养正赏识他，于去年秋天在他乡试前后，写了五首赠诗送给他。

到了客栈，仇养正已经在了。刚过而立之年的仇养正微胖，看起来文雅雍容。两人见面，自是一番寒暄。黄景仁说："养正兄之深情厚谊，也只能以诗相报。"

他同样写了五首和诗回赠仇养正，其中一首这样写："多君怜我坐诗穷，襆被萧条囊橐空。手指孤云向君说，卷舒久已任秋风。"两人相识于两年前，十九岁的黄景仁应浙江观察潘恂的邀请到杭州，之后一见如故。

在这首诗里，黄景仁感谢仇养正同情他因为写诗而误了功名，弄得走投无路。在黄景仁的时期，盛行考据之学，提笔需引经据典，而黄景仁专攻诗词，把考据丢在脑后，文虽高却得不到试官的承认。而且，黄景仁走的是袁枚的性灵之诗路，被主流诗坛视为"野狐禅""旁门左道"。

在黄景仁穷困潦倒之时，朋友的理解和支持是多么重要，而黄景仁也向仇养正表示，自己不会改变初心，去随波逐流。吟这首诗的时候，一杯龙井茶正翻腾着热气，抿一口，略苦中有着回甘，而茶叶在沸水间浮沉起落。

仇养正说："汉镛贤弟，这雨大约是要停了，我们明天便去那龙井走走，看看摘茶和炒茶的场景。"

黄景仁随口应下，说："数次来杭，倒是没有去过这龙井，当年苏东坡在杭州时，据说和辩才交好，这辩才'不居其功，不宿于名，乃辞其交游，去其弟子，而求于寂寞之滨，得龙井之居以隐焉'。这地倒是可以一观。"

仇养正笑了，说："如今此地却已不同往时，自从乾隆皇帝下江南去过之后，早已经门庭若市了。"

乾隆下江南时，有一次读史读到了胡则，想起杭州有个胡公庙，便去了狮峰山。山位于杭州的正西南方，此处风景秀丽，山风吹拂，令人心旷神怡，而山坡上遍布着茶树，枝繁叶茂，苍翠欲滴。

胡公庙的住持早已接到通知，知道圣驾将临，从庙中赶来接驾。乾隆一眼望去，在满目青山的苍翠中，这红光满面的大和尚身着飘然袈裟，恍若神仙中人，便有了一番欢喜。而大和尚恭请圣驾前往胡公庙品茶。

要伺候这宇内第一人的，自是好茶，且看杯中，汤色嫩绿明亮，杯内芽芽直立仿佛银针。端起来，鼻下清香袅袅；啜一口，味淡而远。清冽中飘荡着甘味，如同一座青山沉积到了这杯盏之间。

乾隆龙颜大悦，问："这是何茶？哪里栽植的？"

大和尚早有准备，说："启禀圣人，这正是狮峰山的特产茶树所炒制而成，名为龙井。"

"龙井？这名字好！"乾隆见胡公庙前湛绿一片，数一数，嫩芽初发的茶树正好有十八棵。

龙井山，狮峰山，千秋功业、太平盛世，让好大喜功的乾隆喜悦难抑，当即御口加封胡公庙前的十八棵茶树为"御茶"。

仇养正一笑："这几天的十八棵御茶前，都有兵丁把守着。"

两人相视一笑，世事造化大抵如此，鱼跃龙门便是化龙之时，仇养正用杯盖点点茶叶，吟了首乾隆的《雨

记得湖西龙井谷，�筐老幼采忙时

前茶》：

新芽麦颗吐柔枝，水驿无劳贡骑驰。
记得湖西龙井谷，筠筐老幼采忙时。

呼之欲出辩才在，笑我依然文字禅

乾隆二十七年（1762），也就是加封胡公庙前的十八棵茶树为“御茶”那一年，乾隆御书龙井寺寺额“不着一相”等，并扩建寺宇，题诗品景，有“龙井八景”，其中一首《龙泓涧》这样写：“风篁岭上龙泓涧，喷沫成池贮碧流。飞作瀑泉灵作雨，攻祈那待法师投。”

仇养正和黄景仁谈谈说说，便到了龙井寺，而十八棵御茶却不在这里，此龙井寺非彼龙井寺。他们一路寻去，

唐宋时候寺院的原址上，是雍正九年（1731），浙江总督李卫重修的胡则“显应庙”，也就是胡公庙。

到了此地，花木扶疏，春风送爽，想去看传说中的御茶却不能上前了，因为此时这十八棵茶树还没有开采，有兵丁守卫着，只能远远瞧上一眼。

这原本和周边的茶树也并无区别，却因为乾隆的欢心而身价倍增，古来万物大抵如此。

两人略有些倦怠，便找了一处树荫下歇息，随行的仇养正的下人却搬出炉子，去边上的龙井泉里取水煮茶。这是风雅之事，眼见漫山茶树如同锦绣，耳中听到的鸟鸣越发加深了这春山的幽寂，尽管有农家女背着茶篓已开始了明前茶的采摘，但这山，依然是寂静的。

仇养正轻松地伸了个懒腰，说：“乾隆皇帝到这里时，写过一首《坐龙井上烹茶偶成》，倒是颇契合眼前之景的。”

龙井新茶龙井泉，一家风味称烹煎。
寸芽生自烂石上，时节焙成谷雨前。
何必凤团夸御茗，聊因雀舌润心莲。
呼之欲出辩才在，笑我依然文字禅。

“乾隆皇帝还没有我们的口福啊，他来的时候已经过了清明，只能喝到雨前茶了。”仇养正一笑，黄景仁心有戚戚。

品茗之时，话题便转到了辩才身上，这才是龙井一地的灵魂和符号，尽管那个时候的喝茶和此时方法不同。

唐时喝茶用煎煮法，在陆羽《茶经》中有这样的描述："其沸，如鱼目，微有声，为一沸；缘边如涌泉连珠，为二沸；腾波鼓浪，为三沸，已上，水老，不可食也。初沸，则水合量，调之以盐味，谓弃其啜余，无乃而钟其一味乎？第二沸，出水一瓢，以竹筴环激汤心，则量末当中心而下。有顷，势若奔涛溅沫，以所出水止之，而育其华也。"

到了宋时，用的是点茶法，点茶法是将茶叶末放在茶碗里，注入少量沸水调成糊状，然后再注入沸水，或者直接向茶碗中注入沸水，同时用茶筅搅动，茶末上浮，形成粥面。宋徽宗在《大观茶论》中说："本朝之兴，岁修建溪之贡，龙团凤饼，名冠天下……故近岁以来，采摘之精，制作之工，品第之胜，烹点之妙，莫不盛造其极。"

仇养正和黄景仁如后世这般的绿茶喝法起于明，根源在明太祖朱元璋取消了龙团贡茶制度。泉水煮沸后，泡上茶，仇养正示意黄景仁端茶啜饮，他说："明时名士文徵明这样说过喝茶：一人得神，二人得趣，三人得味。现在你我两人，正是得趣的喝法啊！"

辩才便是苏东坡时代的妙人和高德大僧，凡遇物人事，都能圆融无碍。他与苏东坡的交往，在后世留下了大量的传说，这里略去不提，到了辩才晚年，从上天竺退居南山龙井寿圣院，寿圣院年久失修，早已破败不堪，只留下破屋数楹。入山之初，辩才策杖独往，"以茅竹自覆"，但他的信众们出力出资了，很快佛宇大殿矗立，另外还建有寂室、照阁、讷斋、潮音堂、方圆庵、归隐桥、龙井亭等建筑。

龙井亭建好之时，辩才写了《龙井新亭》给苏东坡：

暇政去旌旆，杖策访林丘。
人惟尚求旧，况悲蒲柳秋。
云谷一临照，声光千载留。
轩眉狮子峰，洗眼苍龙湫。
路穿乱石脚，亭蔽重冈头。
湖山一目尽，万象掌中浮。
煮茗款道论，奠爵致龙优。
过溪虽犯戒，兹意亦风流。
自惟日老病，当期安养游。
愿公归庙堂，用慰天下忧。

苏东坡得到赠诗后，也次辩才韵赋诗一首，对辩才的高僧风范倍加赞赏并写下了两人的友谊："去如龙出山，雷雨卷潭湫。来如珠还浦，鱼鳖争骈头……送我还过溪，溪水当逆流。"

诗中的典故黄景仁自然知道，苏东坡每次到龙井拜访辩才，辩才总沿着风篁岭送别苏东坡，但一般送客不过溪。有一次，两人正聊得投机，辩才忘了送客不过虎溪的规矩，左右侍者惊呼："大师，过虎溪了！"辩才笑笑说："杜甫不是说过吗？'与子成二老，来往亦风流。'"后来为了纪念这段佳话，辩才在岭上建造了一座亭子，名之为"过溪亭"。

辩才的这首诗写出后，他们的另外一个朋友吴越王后裔钱勰也写了一首《和辩才法师新亭初成诗韵》："幻泡昧空色，真梦迷黄邱。宦学类狂走，尔来三十秋。齿发非他时，岁月不我留。……今知搅搅者，讵得逍遥游。从兹许礼足，尚可治幽忧。"

仇养正感慨，如果没有辩才，这龙井还能成为龙井吗？辩才的《龙井十题》中，他这样写狮子峰："独尔群山里，人称狮子峰。无心自哮吼，显晦烟云中。”又这样写风篁岭：“风篁荫修岭，挺节含虚心。悠悠往还客，孰不聆清音……”

苏东坡、秦观、赵抃、米芾等名公大德和辩才的交往唱和，也让龙井从荒山僻岭成为名胜佳处，而寺僧在狮峰山麓开山种茶，被后人看作是西湖龙井的发祥地。

蔡襄夙辨兰芽贵，不到兹山识不全

此刻，一壶茶已喝到淡处，尚有些余韵，黄景仁说：“茶之趣，或者正如苏东坡在《游诸佛舍一日饮酽茶七盏戏书勤师壁》所写的：‘示病维摩元不病，在家灵运已忘家。何须魏帝一丸药，且尽卢仝七碗茶。’”

仇养正说：“茶如人生，苏东坡的弟弟苏辙给辩才写过三首诗，其中一首和饮茶的滋味相仿佛：‘井水中藏东海鱼，侧盆翻雨洗凡夫。隔山欲共公相见，莫道从来一滴无。’”

“说到这，和蔡襄、苏轼、黄庭坚合称‘宋四家’的米芾有一首《龙井延恩衍庆院》，大抵也是道出了人世的真谛。”黄景仁随口吟诵：

竹径随泉上，山云触石生。
宝楼弹指处，的的是分明。

一壶新茶喝完，黄景仁吟哦了他五首《龙井》中的第一首：“一路风篁韵，行人度岭来。径缘花宛转，涧与水潆洄。孤往追岩客，空心访辩才。过溪亭不远，小憩亦佳哉！”

仇养正拍手叫好，这诗情致高雅，却又从容节制。

两人从茶说到了诗，这也是文人的雅趣之一，斗茶和斗诗都是一种乐趣，而两人才识渊博，见识意趣都有相近之处，对诗作的交流也拓宽了他们相互之间的眼界。

说到喝茶，仇养正说起虞允文五世孙虞集的那首《次邓文原游龙井》，其中有几句是他所喜欢的："徘徊龙井上，云气起晴昼。入门避沾洒，脱屐乱苔甃。阳岗扣云石，阴房绝遗构。澄公爱客至，取水挹幽窦。坐我薝卜中，余香不闻嗅。但见瓢中清，翠影落群岫。烹煎黄金芽，不取谷雨后。"

"岭有深泓积藓多，潜龙此于作深窠。流传有脉潜通海，消长随潮暗涌波。山客炼丹名尚在，居民望雨事如何。乔松偃蹇千年物，底事雷神伐翠柯。"黄景仁却喜欢明景泰年间陈赞的这首《龙井》。陈赞精于文学，对龙井之爱出于内心，其故去后让后人把他葬于龙井山间，与辩才和胡则为邻。

仇养正却说，从描写龙井一地的诗来说，万历年间与王世贞、屠隆、汪道昆等在杭州组织南屏社的王穉登，写的与陈赞同名的诗作才是佳构："深谷盘回入，灵泉觱沸流。隔林先作雨，到寺不胜秋。古殿龙王在，空林鹿女游。一尊斜日下，独为古人留。"

两人絮絮叨叨，相互间不遑多让，却能够看出两人对于文字中的偏好和个人的品位，从宽泛的角度去看，颇相仿佛，但细细去品味，却又千变万化。三壶茶毕，仇养正告诉黄景仁，带他去熟悉的茶农家看春茶炒制，并试喝新茶。

黄景仁喜形于色，两人和随行的沿着溪沟来到山脚的农家，在看炒制之时，仇养正向黄景仁介绍说，一般的采摘都是只采一个嫩芽，但也有采一芽一叶或一芽二叶初展的。在炒制中，有抖、挺、扣、抓、压、磨、搭、捺、拓、甩等十大手法。好的茶叶，便是要做到“色绿、香郁、味醇、形美”。

如果饮后能够感到有天地的蒙昧之气弥漫齿颊之间，仿佛无味，又仿佛是至味，此无味之味，乃至味也。

黄景仁没有见过猪跑，但吃过猪肉，他说生活于嘉靖年间的高应冕写过《龙井试茶》：“天风吹醉客，乘兴过山家。云泛龙沙水，春分石上花。茶新香更细，鼎小煮尤佳。若不烹松火，疑餐一片霞。”

晚明的陈眉公陈继儒也写有《试茶》：“龙井源头问子瞻，我亦生来半近禅。泉从石出情宜冽，茶自峰生味更圆。此意偏于廉士得，之情那许俗人专。蔡襄夙辨兰芽贵，不到兹山识不全。”

两者之间因为人生际遇的不同，这试茶也试出了不同的滋味。像陈继儒，当年二十九时，焚儒衣冠，隐居小昆山之南，绝意科举仕进，却又经常周旋于官绅间，遭到世人讥评，在他的这首诗里，大有自我辩护之意。

两人这一日在龙井徜徉，直到日落时分兴尽而返。归途中，远看夕阳西坠，黄景仁想起他视之为精神导师的袁宏道的一首诗《过龙井》。袁宏道是万历十六年（1588）的举人，思想上受禅宗和李贽的影响较深，时官时隐，好游山水，不以功名为意，他所提出的“独抒性灵，不拘格套”的性灵学说，正是黄景仁文字中所追求的。

黄景仁忽有所感，便吟诵出来：

数盘行井上，百计引泉飞。
画壁屯云族，红栏蚀水衣。
路香茶叶长，畦小药苗肥。
宏也学苏子，辩才君是非。

此时暮色围拢，头顶有昏鸦盘旋，远远地突然传来高歌，铿锵高亢，细听下，却是崇祯时陕西巡抚于若瀛所写的《龙井茶歌》：“西湖之西开龙井，烟霞近接南峰岭。飞流蜜汨写幽壑，石磴纡曲片云冷。拄杖寻源到上方，松枝半落澄潭静。铜瓶试取烹新茶，涛起龙团沸谷芽。中顶无须忧兽迹，湖州岂惧涸金沙。漫道白芽双井嫩，未必红泥方印嘉。世人品茶未尝见，但说天池与阳羡。岂知新茗煮新泉，团黄分冽浮瓯面。二枪浪白附三篇，一串应输钱五万。”

山色掩映下，这歌声有说不尽的苍凉，像是茶叶在沸水的煮泡中，兀自在水中央树立着，有着舒展后的尖锐。仇养正和黄景仁在夜色间伫立良久，终不见歌者，声音渐渐远去，化为一缕稀薄的夜色。

这江山如画，隐藏着多少有趣的灵魂。

灵芽原有种，他处逊清腴

问水何方来？南岳几千里。
龙象一帖然，天人共欢喜。

黄景仁在杭州又住了几天，在仇养正的陪同下，足迹踏遍西子湖畔，上面那几句诗出自他所写的《虎跑泉》。“龙井茶叶虎跑水”，一直被誉为“西湖双绝”，用虎跑之水冲泡龙井之茶，为平生快事，黄景仁胸中的块垒，仿佛被这龙井茶的润泽所化开了。

这一日在客栈，店小二正绘声绘色向客人说一个故事：

那年乾隆帝下江南游玩时，来到杭州龙井狮峰山下，忽然来了雅兴，学着茶女采茶。

刚采了一把，有太监来报："太后有恙，请皇上急速回京。"乾隆帝马上赶回京城，随手把自己采的茶叶放在了衣袖里。

赶到宫里时，茶叶散发出的香气吸引了太后，于是泡上喝了一口，太后马上有了精神，眼部的红肿消了，胃也不胀了。太后说："杭州龙井的茶叶，是灵丹妙药、仙家宝物啊！"

于是乾隆帝立即传旨，将杭州龙井狮峰山下胡公庙前十八棵茶树产出的茶封为御茶，每年从这些茶树上采摘新茶，专门进奉太后。

黄景仁想起那林立于十八棵御茶之前的侍卫，不由失笑，假作真时真亦假，这人间的事，大概就是这样的。

黄景仁所不知道的是，他的一生遭际如茶，苦涩中，又让人在咀嚼中察觉到那缕清香和悠远：黄景仁一生困苦劳顿，为衣食奔忙，直到乾隆四十六年（1781）秋，陕西巡抚毕沅惊异于他的才能，推举他为县丞。

这年冬，他回到北京，到吏部等待任官。到了乾隆四十八年（1783）三月，因为债主催得急，黄景仁带病离开北京，于四月二十五日在河东盐运使沈业富府邸中去世，年仅三十五岁，他旧时所写的“百无一用是书生”一语成谶。

这一日在杭州，是黄景仁人生当中难得的畅快之时，对于自己的人生，他还有诸多的理想和规划。这日回到客栈，他写下了另一首《龙井》诗答谢仇养正：

灵芽原有种，他处逊清腴。
地借云千叶，僧分水一盂。
肠轮犹自转，舌本已堪扶。
留与松房隙，他时位竹炉。

参考文献

1. 王荣初：《西湖诗词选》，浙江人民出版社，1979 年。

2. 李子荣主编：《西湖诗词曲选》，杭州出版社，2018 年。

3. 谢思炜：《白居易诗集校注》，中华书局，2006 年。

4. 欧阳修、宋祁：《新唐书》，中华书局，1975 年。

5. 刘昫等：《旧唐书》，中华书局，1975 年。

6. “西湖天下”丛书编辑部：《西湖民间故事(典藏版)》，浙江摄影出版社，2016 年。

7. 蘅塘退士等：《唐诗三百首·宋词三百首·元曲三百首（注释本）》，浙江古籍出版社，1994 年。

8. 曾国藩：《十八家诗抄》，岳麓书社，1991 年。

9. 羊春秋点校：《宋十大名家词》，岳麓书社，1990 年。

10. 洪亮：《放逐与回归——苏东坡及其同时代人》，百花洲文艺出版社，1993 年。

11. 陈迩冬：《苏轼诗选》，人民文学出版社，1984 年。

12. 陈迩冬：《苏轼词选》，人民文学出版社，1986 年，第 2 版。

13. 颜中其：《苏东坡轶事汇编》，岳麓书社，1984 年。

14. 林语堂：《苏东坡传》，时代文艺出版社，1988 年。

15. 《唐宋词鉴赏词典》，上海辞书出版社，1988 年。

16. 贺新辉主编：《宋词鉴赏辞典》，北京燕山出版社，1987 年。

17. 卢盛江、卢燕新主编：《中国古典诗词曲选粹（元明清诗卷）》，黄山书社，2018 年。

18. 朱惠国：《元明清诗词文》，广东人民出版社，2002 年。

19. 上海辞书出版社文学鉴赏辞典编纂中心编：《元明清诗鉴赏辞典》，上海辞书出版社，2018 年。

丛书编辑部

艾晓静　包可汗　安蓉泉　李方存　杨　流

杨海燕　肖华燕　吴云倩　何晓原　张美虎

陈　波　陈炯磊　尚佐文　周小忠　胡征宇

姜青青　钱登科　郭泰鸿　陶文杰　潘韶京

（按姓氏笔画排序）

特别鸣谢

王其煌　邵　群　洪尚之　张慧琴（系列专家组）

魏皓奔　赵一新　孙玉卿（综合专家组）

夏　烈　王连生（文艺评论家审读组）

图片作者

于广明　张　望　张国栋　金　毅　洪保平

蔺富仙（按姓氏笔画排序）